KB234340

다시 중심으로

다시 중심으로

〈해방글터〉 동인 두 번째 시집

삶이 보이는 창

■발간사

길 위에 지은 집

잠들지 못하는 새벽, 가는 눈발 같은 가는 비 내린다
내리는 비조차 겨울의 끝을 알리는 해동비인지
겨울의 문으로 들어서는 늦가을 비인지 혼란스럽다
혼란스러움은 시간뿐이 아니다 모든 경계가 허물어졌다
경계 허물어진 자리에
검은 죽음 흰꽃이 땅위에서 땅아래에서 무수히 핀다
살아 있음이, 날리는 눈발처럼 가벼워
분노와 슬픔조차 스스로에게도 위안이 될 수 없는 세상
세상을 불사르지 않고서는 앞으로 많은 시간
우리들은 또 죽어 나갈 것이다
산 자들의 눈물만으로 분노만으로 그 많은 죽음 거두기엔
세상은 철옹성처럼 견고하다
학살자들은 변함없이 건재하다
사방이 막힌 길 위에서 더 나아가지 못하고…
암담하다 암담하다 참으로 암담하다 그러나 멈출 수 없다
목이 잠기어 시어버린 목소리로 온몸이 타버린 절규로
그대들이 우리를 부르고 있다 우리가 그대들을 부르고 있다
서로가 서로를 목 놓아 부르고 있다

잠들지 못하는 이 새벽, 가는 눈발 같은 가는 비 내린다
이 새벽 쫓겨난 사람들은 길 위에서 떨고 있을 것이다
논쟁하고 협상하고 조정하는 도중에도

악수하고 사진 찍고 한 잔하러 가는 도중에도
근로기준법 없이 쫓겨난 사람들이 길 위에서 떨고 있을
것이다
집이 강제로 철거된 사람들이 길 위에서 떨고 있을 것이다
구사대에 매 맞은 사람들이 길 위에서 떨고 있을 것이다
이 지상에 이 길 바닥에 잠자리 날개 같은 천막 하나 치고
발에 걸려도 쓰러질 것 같은 천막 하나를, 맞서 싸우는 성
으로 삼고
자본과 싸우고 구사대와 싸우고
추위와 싸우고 사람들의 시선과 싸우고
줄어가는 돈이며 지겨운 라면발과 싸우고
비어 버린 담배갑과 싸우는
퍼붓는 눈을 맞고 선 드물다는 굳고 정한 갈매나무 같은
그대들이
퍼붓는 눈을 맞고 선 길 위의 집에서
싸우고 싸우고 또 싸우는 그대들이 그립다
이 새벽 가슴 시리도록 맑은 목소리로 그대들 불러
살아 있는 우리가 살아 있는 그대들과 언 살 맞대며 보듬
고 싶다

오늘,
죽어간 그대들에게 살아있는 그대들에게 이 시집을 바친다

참으로 죄스러운 마음으로 초라한 밥상 올린다

1집을 낸 이후 지난 2년간 우리는 참으로 많은 것을 놓쳤다

울산에서 서울에서 부산에서 대구에서 싸우고 싸우고 또 싸웠지만

함께 하지 못한 싸움 기록되지 못한 싸움 너무도 많다

솔직히 고백하건대

모두들 그 많은 시간 참으로 많이 아팠다

싸움으로부터 시로부터 결코 자유로울 수 없는 시대적 사명 앞에

쓰러질 것 같은 위태로움으로 여기까지 왔다

그대들의 얼어 터진 얼굴위로 우리들의 시(詩)가

잠시나마 밝은 봄빛으로 다가선다면 지친 우리들에게도 크나큰 위로가 되리니

지난 2년 간의 게으름을 속죄하는 마음으로

새로운 싸움을 준비하는 초심의 당참으로 그대들에게 바치니

모진 바람 부는 길 위에서 부디 강건하시길

2003년 봄 〈해방글터〉 일동

■글차례

발간사 길 위에 지은 집

1부 그는 나다

2부 다시 중심으로

【김영철】

【손병도】

【신경현】

1부

그는 나다

고드름

—2001. 1. 22 중계동 아울렛매장 앞 이랜드노조투쟁에 바쳐

1

보아라! 이것은 이 땅 노동자들이 보여줄 수 있는
마지막 풍경.
끝까지 밀려 더 이상 밀릴 곳 없는 노동자들의 절규가
보아주는 사람 없는 이 자리에 외롭게 맺혀있다. 사람들은
작지만 단단한 이 열매를 애써 외면하고,
온 하늘을 뒤덮으며 대규모로 날리는 눈발에만
환호하였다. 뭉치지 못하고 제각기 날려,
지상에 닿자마자 녹아 진창이 되고 말 눈발에게만…

2

원래는 따스한 눈물이었다.
눈물로 얼음의 칼을 만든 건
너희 있는 곳에서 불어오는 바람, 차고 매서운 탓

디디고 설 자리 하나 없이
맨 허공에서 벌이는 이 아슬아슬한 저항.

차가운 것은 너희였음을 세상에 알리는 마지막 고발

자세히 보라.
우리의 뭉툭한 날 끝에 어떻게 푸른빛은 번져 가는지.

여기까지 왔다

—2001. 4. 22 한국통신 비정규직 목동전화국 점거투쟁 지지시

새벽 세 시,
온 몸을 감싸는 긴장과 어둠을 뚫고
여기까지 왔다
이제 우리에겐
더 이상 물러설 타협도
더 이상 기다릴 시간도 없다
눈덩이처럼 불어난 저들의 폭력과 협박 앞에서
도급 철폐 정규직 쟁취
구호가 분노가 되고 절규가 되어
마침내 피투성이로 쓰러졌을 때 우리는
죽음을 생각했다
비정규직 정규직 분할로 끊임없이
연대를 차단하고 분열을 조장하는 자본의 죽음을 생
각했다
쇠몽둥이와 방패에 찍혀 죽어 실려나가는 한이 있
어도
절대 놓을 수 없는 비정규 철폐를 위해
'아빠' 하고 금방이라도 달려올 것 같은 아들놈의 미
래를 위해
끝없이 이어지는 저들의 착취와 탄압을 멈추기 위해
여기까지 왔다

　　쇠파이프를 잡은 두 손에 뜨거운 분노를 모아 아침
을 맞이한다

아들아! 내 딸들아!

—2001. 7. 1 한국통신 비정규파업투쟁 200일 연대의 밤

이 땅에 노동자로 태어나
단 한번
자랑스러웠던 때가 있다면
아들아!
이천일년삼월이십구일이었다

학교에서 부모님의 직업을 알아 오라고 했을 때
자랑스럽게 한국통신 직원이라고 했다지
미안하구나
그러나
직장에서 네 아버지의 이름은
인부 김씨였다
똑같이 출근하고 똑같이 일을 해도
반쪽짜리 월급봉투에
일요일 공휴일도 없이 미친 듯이 일에
매달려야 했다

어이 김씨, 어이 이씨
개처럼 불러도 대꾸 한 마디 없이
시키는 대로 할 수밖에 없었던 것은
언제 모가지가 잘려나갈 지 모르는

비정규직 임시직 노동자였기 때문이었다

지난 겨울
분당 본사 시멘트 바닥 위에서
비닐 한 장으로 노숙하면서
뼛속까지 파고드는 추위보다
견딜 수 없었던 것은
싸늘한 냉대와 무관심이었다

비정규직
자본의 야만적 경쟁논리에
빼앗기고 쫓겨나고 매맞는
네 아버지의 이름이었다

아들아! 내 딸들아!
이 순간
우리는 다시 한번 짐승의 울음으로
끌려 내려갈 지도 모른다

그러나
지난 날

굴욕과 모멸감에 온 몸 부르르 떨며
땅속을 헤매고, 전봇대를 기어올라야 하는
길들여진 노예, 거역할 수 없는 운명을
이제
죽음으로 거부하려 한다

이천일년삼월이십구일
이제
날이 밝아 오는구나
바람 한 점 없는 삼월 하늘
참 탐스럽게 눈이 내린다

"아빠 뭐 해"
"아빠 언제 와"
목이 메어 아무 말 못하고 끊어버린
마지막 통화였는데
지금
네 목소리가 들리는구나

끝도 없이 새까맣게 밀려오는 전투경찰
특수 훈련된 진압군에 의해

저들의 포로가 되어
저들의 법정에 서게 될지도 모른다

아들아! 내 딸들아!
울지 않으려고 했는데
하늘이 뿌옇게 흐려지는구나

가진 자들만의 평화와 행복을 위해
저들의 질서와 법을 위해
저들만의 선택된 안녕을 위해
버림받은
저주받은
비정규직, 노예 노동을 죽음으로 거부하려 한다
돌아가마
꼭 돌아가마

자랑스런 노동자의 이름으로
네 아버지의 이름으로
돌아가마!
아들아! 내 딸들아!

당신의 이름을 새기며

—2001. 9. 6 레미콘노동자 故 안동근 동지의 영전에 바치는 弔詩

날이 저물고 있는데
당산철교 동지들은 어쩌고 있는지
식사나 제대로 하는지…

거친 숨을 고르며
겨우 몇 마디씩 이어가는 한 마디에도
투쟁 속의 동지들을 걱정하시던, 안동근 동지여!

그대 살아오신 하루 하루 붉은 핏자국들은
우리들의 가슴에 아로새겨진 희망이었습니다
노동자로 일어서는 깃발이었습니다

처음 노조를 만들고, 굵은 팔뚝 치켜들며
당당한 노동자로 살아갈 길을 알려주신 동지의
한 마디 한 마디는 숙명처럼 길들여져 있던
우리들의 두려움을 떨쳐내게 만들었습니다

적들의 탄압에
태양보다 뜨겁게 이글대던 동지의 눈빛은
우리들의 분노였습니다

자본과 정권이 사주한 폭력배에게 끌려가
개처럼 끌려가 사지가 꺾이고,
저들이 내지른 발길질에 창자가 터져버릴 아픔에도
이제까지 우리들이 당해 온 고통에 비하면 아무것도
아니라고
이제 우리들이 맞이할 노동자의 희망은
이렇게 핏빛이라고 말씀하시던 동지여!

이제 우리는
이 땅에 세워질 모든 건물에
우리가 쏟아 붓는 모든 레미콘에다 당신의 이름을
새겨 넣을 것입니다.

한 맺힌 당신의 꿈을, 우리 노동자의 희망을
피를 토하듯 쏟아 부을 것입니다
동지를 죽음으로 몰고 간 폭력에 대해
반드시 책임을 물을 것입니다
역사 앞에 살아 있는 역사 앞에
저들 자본과 정권의 무릎을 꿇리겠습니다

동지의 피를, 동지의 투쟁을, 동지의 죽음을

살아 있는 우리들의 이정표로 아로새겨
노동해방 그날에
동지여! 넋이라도 우리와 함께 하소서

안동근 동지여!
편히 가소서!
못다 한 동지의 사랑, 동지의 희망
피묻은 동지의 작업복을 우리의 깃발로 우뚝 세우리니
동지여 편히 가소서……

물으면서 전진한다

—2001. 11. 13 노동자 대회에 부쳐

1

이제 대중연단은 화려하고 중앙의 투쟁선언은 쇼다

화려한 연단 위에서
준비된 선동가가 피를 토하는 목소리로 중앙의 투쟁
을 선언하는 동안
1001—3 진압 특수부대는 서울의류업노조 교육부
장을 방패로 찍고 군화발로 짓밟았다

전태일 열사의 비명소리는
전태일 열사 정신 계승하여 단병호 위원장을 구출하
자는 투쟁 선언에 묻혀 들리지 않았다

조명 아래 선동무는 환상을 만들어낸다
신디사이저와 락 기타음에 실리는 투쟁가요는
더 이상 가슴을 뜨겁게 달구지 못한다
연단 위는 누구도 허락 없이 올라가지 못한다

이미 무대 뒤에서는 타협이 논의되고

과연 현장 조합원들은 무기력한 관객인가
과연 동원된 박수부대인가

현장조직 운동이 키워 낸 고참 활동가들은 지금 어
디에 있는가
술판에, 술잔 속의 논쟁에 빠져 있었다

서로에게 총구를 겨누며
저 새끼하고는 함께 활동 못한다, 기회주의자다, 대
가리를 깨버리겠다고 술판을 뒤엎는다

한통계약직 동지들이 한 장 스티로폴에 의지해 고단
한 잠 이룰 때
술독 풀러 사우나에 간다

현장 조합원들보다 먼저 고참 활동가들이 지치고 병
들어 간다
정신은 신뢰가 자랄 수 없을 정도로 황폐화되어 간다

모두가 무기력했고

유일하게 중앙의 연단은 자극적인 활기에 차 있었다

2

말로 먹고사는
투쟁하지 않는 명망가들은 많다
투명한 눈물을 가진 젊은 투사들이여
목숨 내놓고 할 수 있는 모든 투쟁을 조직하는 젊은
투사들이여

투쟁 속에서 묻고 또 물어라
투쟁하는 동지와 투쟁하지 않는 자를
끝까지 함께 하는 벗과
유려한 이론으로 투쟁을 가로막고 있는 자를
투쟁하면서 물어라
물으면서 전진하라

언제나 투쟁은 새로운 사람의 것이다
새로운 사람은 투쟁 속에서 항상 묻는 사람이다
새로운 사람은 투쟁의 시작에서부터 마지막을 미리

생각하지 않는 사람이다
　새로운 사람은 관료적인 명령을 거부하는 사람이다
　새로운 사람은 언제라도 독자적인 결정으로 생산을
중단시키고 파업을 조직하는 사람이다
　새로운 사람은 중앙으로 집중된 권력을 현장으로 끌
어내리는 사람이다
　새로운 사람은 현장 조합원들과 목숨을 함께 나누는
사람이다
　새로운 사람은 현장으로부터 출발하는 생존의 문제
를 권력의 문제로 끌어올릴 수 있는 사람이다

　새로운 사람, 젊은 투사들이여
　머물지 말고
　뒤돌아보지 말고 가라
　치명적인 비수로 가서 돌아오지 마라
　그 몸짓 하나 둘이 새로운 전통이 된다

봄의 뿌리

—2001. 11. 31 한국통신 계약직 노동조합 동지들에게

골을 비워버릴 것 같은 바람을 등지고
텐트를 세운다.
30년 전 전태일이라는 분도 이렇게 외로웠다더라.
외로워서 더 추웠다더라.
윙윙거리며 울던 낡은 전선을 갈아주러
얼어붙은 전봇대를 끌어안았을 때도
이렇게 이가 갈리진 않았다.

숱한 겨울 지나도록
단 한 뼘도 뿌리내릴 줄 몰랐던
우리도 차가운 콘크리트 전봇대들이었다.
전선을 타고 하나로 연결되어 있으면서도
흩어져 제각기 서 있어야만 하는 건줄 알았다.
우리도 낡아 폐기되기 전에
번듯이 한자리 붙박고 서게 되는 날 있을 줄 알았다.

바람마저 뺨을 후려갈기고 지나가고
내뱉을 때마다 흩어지는 숨결 뿐이다.
어디로 내 분노의 전파를 송신하여
흩어진 동지들을 묶어 세워야 하나.

이 텐트서부터
이 텐트서부터
찬 바람 몰아칠수록 깊어질 뿌리를 위해
전선을 마주잡은 동지의 가슴을 향해
송신!

동지들! 텐트가 세워졌다.
겨울 빈 들판에 선 전봇대에 매달려,
맨홀뚜껑 아래 하수구 통신선로를 타고,
안내 부스에 묶여,
사람과 사람을 이어주던 우리에게

동지들, 겨울은 봄의 뿌리다.

우리들의 희망을 지키러 간다.

—2002. 2. 7 경주세광공업 투쟁을 지지하며

들녘 가로질러 논길 따라
폐업한 공장으로 가는 길
마른 풀섶 여린 손짓들
멈춰 선 기계 위에 휘갈겨 쓴
핏빛 선연한 구호들이 꿈틀거린다

노조만은 인정할 수 없다며
공장을 폐업했다

노조를 포기하라며 윽박지르는 자본의 손짓에
죽일 듯이 덤벼들던 구사대의 매질에
피투성이로 끌려 나와 서럽게 울부짖던
지루하고 고통스러웠던 투쟁의 날들

해를 넘긴 투쟁이 깊어 갈수록
묶인 손들, 끌려간 동지에 대한 기억들이
사뭇 사뭇 되살아난다

모든 것을 포기하고 잊어버리려 할수록
눈에 밟혀 오는 동지의 거친 숨결
떨리는 손 맞잡고 약속했던

민주노조 사수!

그랬다 우리는
수다쟁이 공장아줌마라 깔보던 저들의 비웃음
숙명처럼 받아들였던 힘없는 노동자로
당해왔던 수모와 멸시를
영세사업장 하청 노동자의 서러움을
되돌려 주고야 말았다

저들이 팔아넘긴 공장의 기계를 지키러 간다
기름을 먹이고, 우리들의 손길이 닿으면
벅찬 심장이 뛰듯이 다시 돌아갈 프레스
불꽃을 튀기며 쇠를 녹여 생산해낼
우리들의 희망을 지키러 간다.

절망은 없다

—2002. 2. 19 효성 해복투 동지들에게

1. 노동자는 자신의 투쟁지도부를 갖지 못했다

태광에서, 대한알루미늄에서, 동양금속에서 어용노조
가 들어섰다
중무장한 용역부대를 앞세우고, 경찰을 앞세우고, 노
동부를 앞세우고, 국회를 앞세우고, 정부를 앞세우고
자본가의 어용노조 사수투쟁이 시작되고 있다

누가 그렇게 쉽게 태광에 어용노조가 들어설 수 있
다고 예상했는가
맥없이 공장으로 돌아간 조합원들의 눈빛은 체념에
가까웠다
그 누구도 싸울 만큼 싸웠는데, 최선을 다했는데 패
배했다고 말하지 않는다
바로 교섭에 목매달고 타협하고 직권 조인한 지도부가
일부 미숙한 활동가들(투쟁주의자들) 때문에 유리한
조건에서 타협하는 시기를 놓쳤다고 말한다
싸우지 않고 이기는 자가 명장이라고 말한다

공장점거파업을 이끌어간 것은 파업지도부가 아니
었다

연맹도 지역본부도 아니었다
노동단체도 정치조직도 아니었다
투쟁을 밀어간 것은 분노와 노동이 연결되고, 희망과
투쟁이 연결되고, 요구와 슬로건이 연결되고, 파업과
전술이 연결되어 빚어낸 조합원들의 단결된 힘이었다
생존을 향한 거대한 첫발이었다

그러나 노동자는 자신의 투쟁하는 지도부를 갖지 못
했다
노동자는 승리했고
노동운동은 패배했다

2. 우리가 해고되는 한이 있어도 민주노조는 포
기할 수 없다

투쟁하는 사업장은 망한다
새로운 교훈을 공식화하기 위해 자본가의 계획된 도
발은 멈추지 않았다
현장 투사들은 가차 없이 정리해고 되었다
조합원들은 임금이, 상여금이 삭감되고 학자금이 중

단되었다
　숨 쉴 틈도 없이 대규모의 정리해고가 자행되었고
그 자리에 비정규직이 부품처럼 끼워졌다
　자본가들은 꺼릴 것 없이 매수를 포기하고 노조말살
정책으로 나아갔다

　과반수 이상을 장악한 효성 어용대의원들은 임원 불
신임, 민주노총 탈퇴, 노조위원장 간선제 도입을 위한
대의원대회를 소집했다
　어용들의 아가리에서 악취가 새어 나오고 저 비굴한
눈빛은 두려움의 산물이었다
　조합원 총회를 소집하고 어용대의원들과 자본가에
맞서는 효성 해복투 동지들은 봄빛처럼 정당했다
　천막 농성장 앞에 세워진 깃발은 망설일 것도 물러
설 곳도 없는 곳에서 솟구치는 결단이었다

　정문에 설치된 대형 스피커는 귀가 먹먹할 정도로
소음을 만들어낸다
　용역 부대는 조합원들의 걸음을 통제하고
　정문 앞에 세워진 감시카메라는 조합원들의 눈빛의
방향조차 촬영한다

자본가들이 겨우 한다는 짓거리는 소음과 폭력과 감
시, 착취체제를 강화하려는 가련한 발버둥뿐이다
쓰레기는 쓰레기통으로 가라

3교대, 하루 여덟 번의 출퇴근 선전전
한 숨을 쉴 틈이 없다 어금니를 꽉 깨문다
가능하지 않은 것은 없다
불가능한 것도 오늘 중으로 문을 열 것이다
희망은 방법을 찾는 사람의 투명한 땀에 와서 맺힌다
참 밝고 붉은 열매,
우리 마주 잡은 작은 실천투쟁의 손이
제때에 조합원들의 휘발성 분노에 불을 지필 것이다
침묵에 균열을 만들고 그 틈으로 함성이 쏟아지게
할 것이다

찬 겨울바람이 잠자리를 파고들어도
해고된 것이 너무나 분하고 분통 터져 밤잠을 설쳐도
감기몸살 난 동지 한 명 없다
계절이 바뀌는 동안 투쟁 속에서 서로 눈빛이 닮고
표정이 닮고 웃음의 속살까지 닮아버린 동지들
우리 모두가 서로의 희망이다

해고되는 한이 있어도 민주노조를 포기할 수 없다
돌멩이처럼 단단해진 눈빛은 체념에 묶여있는 현장
을 환하게 비추고 있었다

그 환한 마음의 길을 따라 조합원들이 과별로 성금
을 모아 오고 라면이나 귤, 음료수, 마스크, 방한복을
가지고 텐트에 왔다
심지어 소음을 막으라고 귀마개를 가지고도 왔다
밤이면 통닭이나 수육을 가지고 와 술 한 잔 하고
가는 조합원들
해복투 동지들의 몸의 표정에 생기가 봄쑥처럼 돋아
난다
돈이 생기고 먹을 것이 생겨서가 아니다
조합원들의 눈빛 속에 살아 있음을 느끼기 때문이다
조합원 한 명 두 명의 힘이 마침내 단결의 그물망을
짜갈 것이라는 확신이 들기 때문이다

3. 패배가 가르친다

말이 아닌 몸으로의 실천

투쟁하지 않고서 어찌 신뢰를 바라겠는가?
나 혼자 살자고 동지들을 버릴 수는 없지
너무 힘들어 주저앉고 싶을 때
바로 그때가 투쟁이다 투쟁의 시작이다
투쟁은 우리의 호흡, 우리의 새로운 생명
반동이 강화되면 될수록
노동자는 숲처럼 단련된다
도발이 강화되면 될수록
노동자는 강물처럼 성장한다
패배가 가르친다
적이 강력했기 때문이 아니라 우리의 단결이 강하지
못했다는 것을
교섭지상주의가 투쟁을 말아먹고 있다는 것을
타협지상주의가 절망공장을 만들어낸다는 것을
패배가 가르친다
싸움의 시작에서부터 타협을 생각하는 지도부는 필
요 없다
구실을 찾고 변명을 일삼는 지도부는 필요 없다
직권 조인한 지도부는 차라리 완장을 차라
패배가 가르친다
시행착오와 오류로부터 배우려는 지도부

마지막 그 순간까지도 방법을 찾으려는 지도부
민주노조 사수투쟁은 우리의 신심 있고 투쟁하는 지
도부를 다시 건설하는 일이다
민주노조 사수투쟁은 현장으로부터 구조조정, 정리
해고를 분쇄하는 일이다
비정규직을 철폐하고 정규직화하는 일이다
피켓을 챙기고 플랭카드를 들고, 선동 내용을 준비
하며 다시 투쟁에 나선다
선동 구호 속으로 조합원들이 걸어온다
조합원들은 죽지 않고 작년 여름의 공장점거 파업
속에 살아 있다
분임조 회의 체계 속에 자신의 창조적인 힘을 화산
처럼 품고 있다
우리가 믿을 수 있는 것은 공동작업으로부터 뻗어오
는 조합원들의 단결된 힘뿐
다시 시작하자
돌아서 가는 길은 죽음에 이르는 길
그래 다시 일어나 가자
이제 우리의 투쟁 앞에 절망은 자본가의 것이다
이제 우리의 투쟁 앞에 공포는 자본가의 것이다

싸우지 않고 얻는 것은 새로운 것이 아니다

─2002. 4. 16 부산양산금속지부 임단협승리투쟁 결의대회

1

숨죽였던 생명들
피워낸 꽃잎마다 그 목숨 다하고
바람에 흩날려 뿔뿔이 흩어져도
우리 가슴엔 패배를 두려워하지 않는 뜨거운
피가 흐르고 있었다. 실천의 뜨거운 몸짓
수많은 좌절과 패배는 언제나 새로운 시작이었고
마지막 승리를 위한 단결의 배움터였다

그랬다 우리는
지친 동지들의 어깨를 일으켜 세워
서로의 상처를 확인하고 노동자의 분노를
계급의 분노로 키워가고 있었다

2

지금 우리가 처한 모든 어려움을 알고 있다
그렇다고 둘러 가지는 않겠다
눈앞에 작은 실리를 얻기 위해

동지에 대한 믿음과 신뢰를 야금야금 갉아먹었던
과거의 부끄러웠던 기억들을 떨쳐버리고
화해의 손짓으로 유혹해오던 자본의 속임수
단사의 현안에 묶여 잃어버린 전망을
공동 투쟁으로 다시 세워내리라

크고 작은 싸움 속에서
수많은 좌절과 패배까지도
마지막 승리를 위한 단결의 밑거름
뜨거운 동지애를 확인하며 우리는
더 큰 투쟁으로 달려나가리라

우리 스스로가 투쟁을 포기하지 않는 한
우리 스스로가 노동자의 자존심을 버리지 않는 한
그 누구도 우리의 힘찬 단결을 막을 수 없다
투쟁하지 않고 얻을 수 있는 것이란
아무것도 없다
투쟁 속에서 자신을 버리지 않는 한
동지로 만날 수 있는 사람은 단 한 사람도 없다

단결에 이르는 길 위에서 동지여

행동할 수 있는 가장 아름다운 몸짓, 투쟁으로 살아
있으라
제 몫을 다하며 살아 있으라
싸우지 않고 얻는 것은 새로운 것이 아니다

투쟁과 함께 내일을 향해서

—2002. 6. 13 전국노점상연합 6 · 13 메이데이

가시밭길 고난의 길이었다
길거리에서 장사한다고
조금 못사는 힘 없는 사람들이라고
이놈에게 뜯겨
저놈에게 쫓겨 다니면서
그래도 새끼들 가르치고 먹고살아야 하기에
길바닥 내 일터에서 얼마나 설움 당해야 했던가
기초질서 확립이란 미명 하에
국민의 혈세로 용역 깡패를 고용하여 무자비한 단속
은 우리를 깨우쳐 주었다
우리는 생존의 싸움을 준비하였다

감시의 매서운 세월은
우리를 깨워
민중을 단련시켜 단결로 뭉치게 했다
하나가 열이 되고
열이 천이 되어
조직을 건설하고 함께 어깨동무하며 손잡고
단속의 전선에 싸움에 임하였다

늙은 노병의 머리에는 붉은 머리띠 사슬처럼 묶여지고

노점해방
민중해방
하늘 향한 깃발들은 압제의 원혼되어 나부끼고
부셔지고
망가지며
처절히 패배만 하면서도
우리는 또 다시 싸움을 준비하는 전노련의 전사가
되었다

아! 6·13
백만 노점상이 조직을 건설하고 하나로 뭉친 날이다
생명은 곧 싸움이고, 투쟁이리라
우리의 싸움은 저 악랄한 단속에서 해방되고 싶고,
인간답게 살아보리라는 다짐이었다
전노련 15년의 역사
피와 눈물과 투쟁 속에 함께 한 우리 서러운 날들이
었다
질곡의 세월, 인고의 설움 딛고,
아! 서러운 날들이 어깨동무하며 새벽을 맞이하고
있다
결집의 날

단결의 날

아! 6·13
동지여!
전노련 깃발 높게, 높게 휘날리며 힘차게 진군하자

승리의 그날까지

—2002. 6. 24 부산 신동금속 삭발식

87년 노동자 대투쟁 때
인간답게 살아보자는 갈망으로
기계를 멈추고 한여름 뙤약볕 아래
목이 터져라 외쳐대던 민주노조
숱한 동지들의 처절한
몸부림으로 얻은 깃발 지키기 위해
오늘 우리는 조합원동지들 앞에
죽을 수는 있어도 물러설 수 없다는
비장한 각오로 피눈물을 깎아 내리렵니다

결코 짧지 않은 15년의 긴 노동조합 역사
해마다 단결된 조합원동지들의 투쟁으로
임금 몇 푼 더 올랐지만
고용불안 속에 가슴 조이며
늘어가는 짬밥이
눈칫밥으로 둔갑되어버린 현실 앞에
우리는 결코 체념만 할 수 없기에
투쟁의 깃발 움켜잡고 일어서렵니다

작년 겨울 문턱
수십 년 손때 묻었던 공장

하루아침에 팔려 버렸을 때
치떨리는 분노에 하나 되어
고용승계 단협승계 쟁취했던
그 기쁨 아직 고스란히
우리들 가슴에 남아 있기에
우리는 압니다
싸워 승리한 깃발 없이
싸워 쟁취한 깃발 없이
철옹성 같은 자본의 벽을 깰 수 없다는 것을
힘찬 단결투쟁으로
뜨거운 동지애로 더 큰 투쟁으로 달려가렵니다

승리의 그날까지…

절망 속에 피어나는 희망

―2002. 7. 11 부산 정관지회 동지들에게

동지여!
우리가 가고자 하는 이 길은
돌뿌리 움켜잡고 올라서는
가파른 절벽인가 보오

끝도 없어 보이는 싸움에
더는 구를 힘 없다며
매정하게 떠나버린 동료들
쓴 소주잔에 하얗게 밤 지새우며
절망 속에 희망을 부여잡아 본다오

한달 넘는 굶주림에 지쳐 쓰러진
눈물 맺힌 얼굴 위로
차가운 물수건 얹어 주고
긴 한숨 내쉬던 주름진 얼굴

의지해왔던 노동의 선배들이
자본의 하수인이 되어
상급단체 탈퇴서에 서명하던 날
죽음을 각오하고 시작한 단식투쟁
긴 밤 함께 하며

어용노조 몰아내고
민주노조 깃발 휘날리던 3년 전
가슴 뜨겁게 용솟음치던 무용담에
홍조 띄우던 막내둥이 조합원

죄인 마냥
공장장 앞에 불려가
무쟁의 서명 강요에
한 시간 넘도록 현장대표만
찾아다니는 조합원 아주머님

동지여!
절벽 사이로 피어 있는 소중한 꽃
그 생명
그 숨결이
끝이 보이지 않는 우리들 싸움에 희망이구려

하루 밥, 세끼 먹고사는 것이

―2002. 7. 12 노점상 故 윤창영 열사 3주기 추모제

1

하루 밥 세끼 먹고사는 것이
형벌(刑罰)처럼 무거운 족쇄였습니다
장애인으로, 노점 행상으로
모진 목숨 부지해간다는 것은
이 땅에서는 참기 어려운 모멸뿐이었습니다

대전역 지하도에서 한줌도 안 된 악세사리 전 펴고
살아가던 그 날들…
밟히고 짓이겨질수록
잡초처럼 끈질기게 살아가는 고귀한 생명이었습니다

희망을 잃은 대전역 노숙자들을 바라보며
그대 따뜻한 눈길에 빛을 뿌리며
그들과 나누던 국밥 한 그릇에는
가난한 이웃만이 나눌 수 있는 꿈이 담겨 있었습니다

운명이거니 하늘이 내린 형벌이거니
열일곱에 길거리 내몰린 노점 행상은
그대 육신보다 뒤틀린 사회적 멸시 속에

　한 순간도 헛되이 보낼 수 없는 안타까운 시간들뿐
이었습니다

2

30여 년 길바닥에 그대가 팔아온 것은
모진 생명, 버릴 수 없는 소중한 삶이었습니다
단속반에 빼앗긴 물건 하나하나에는 가족들의 피눈물,
버릴 수 없는 세상살이 희망이 가득 담겨 있었습니다
단속반에 빼앗긴 것을 되찾으려 하는 것은
팔다 남은 물건뿐만 아니라
우리들의 간절한 눈물 같은 소망
함께 살아가는 평등의 세상이었습니다

아!
님이시여! 윤창영 열사여!
이글거리는 분노를 넘어
하늘만 바라보며 얼마나 통곡하셨습니까
모진 생명 불사르기까지
아파하며 잠 못 이룬 수많은 밤들

사랑하는 사람들의 얼굴들
환영처럼 떠올리며 흘렸던 눈물
끝내 그렇게 활활 불태울 수밖에 없었던 것은
백만 노점상과 장애인들, 우리들의 핏빛 서린 고난
이었습니다

님이시여!
인간으로 태어나 골고루 살아갈 수 있는 그 평등의
세상
민중이 주인되는 세상
노점해방 세상
산 자의 몫으로 우리에게 남기셨습니다

윤창영 열사여!
이젠 편히 쉬소서!
못 다한 동지의 사랑, 동지의 희망, 타버린 열사의 가슴
전노련의 깃발로 우뚝 세우리니

열사여 편히 영면하소서…

우리들의 절망과 죽음을

—2002. 7. 29 여수건설노동자들이 시청앞 도로를 점령하던 날

일요일도 공휴일도 없이
새벽부터 죽도록 일하는 우리를
너희들은 야금야금 갉아먹고 있었다
날품팔이 노가다, 대지의 저주받은 이름으로
여덟시간 노동제, 근로기준법을 빼앗아갔다

공기를 맞춘다고 다그치는 너희들의 성화에
미친 듯이 일에 매달려 죽는지 사는지도 몰랐다
그랬다, 우리는
허리를 휘감는 안전띠가 무거워도
돈내기에 내 몰리는 하루살이 일당 벌이에
죽어간 동료의 용접고대를 다시 잡아야 했다

근로기준법을 지켜라!
여덟시간 노동제를 실시하라!

너희들 마음대로 책정하는 노임단가로
우리들의 단결을 가로막고, 분열시키지만
그러나 보라!

이제까지 우리들을 절망과 죽음으로 몰아넣고

피땀을 쥐어짜던 착취의 현장
그 모든 문을 봉쇄한다

천육백, 이천, 끝이 보이지 않는 노동자의 군대는
여수산단으로 향하는 모든 도로를 봉쇄한다
한국바스프, 여천 NCC공장 정문과 후문을 봉쇄한다
하루 벌이에 눈이 멀어 쥐새끼처럼 현장에 들어가는
파업파괴자 자본의 분열책동도 단호히 대처할 것이다

자! 보라! 너희 자본에게 학대받고 멸시당하던
날품팔이 노가다가 당당한 건설노동자로 노동자의
군대로
어떻게 단결하고 투쟁하는가를
불꽃 용접분회, 배관분회, TC 탱크분회, 전투적으로
조직되어
상봉사거리와 도원사거리를 지나 시청으로 향하는
200만 건설 노동자의 희망을 보라!

단체협상을 지연시킬수록 파업투쟁이 길어질수록
거센 태풍이 몰아치고, 형벌처럼 내리쬐는 불볕 아래서
하루가 다르게 우리들은 투사로 단련되어 갈 것이다

현장에서 희망을 쟁취하는 승리의 그날까지
우리들의 피는,
너희들 자본의 탐욕으로 일그러진 공장과 사무실을
검붉은 동지의 피로 물들일 것이다

자본의 손

—구사대에게 / 2002. 8. 16 충남아산 세원테크지회 투쟁

너희들에게 쇠파이프와 각목을 쥐게 만들었던 손
너희 등을 두드리는 손
'그래 그렇게 조금만 더 밀어붙여'
술잔을 건네며 돈 다발을 건네며
'이번에 노조놈들 작살내면 회장님이 너희들 미래는
책임질거야'
화끈하게 이차 삼차 계산하는 손
너희들 손에 들려진 쇠파이프와 각목으로
우리를 내쫓은 것처럼
결국,
너희를 벼랑으로 밀어버릴 손
마침내 우리가 싹둑 잘라버려야 할 손

그는 나다 투혼으로 답하라

—2002. 8. 30 금속노조 대구지부 2차 총파업 출정식

그가 잡혀갔다
살아오면서 지은 죄라곤
지난 십년 간 식칼 폭력에 맞서 민주노조를 사수한
죄밖에 없는데
그가 잡혀갔다
살아오면서 지은 죄라곤
사람이 사람답게 사는 세상을 위해 선봉에서 온몸으
로 싸운 죄밖에 없는데
권총을 머리에 겨누고 손과 발에 수갑을 채운 채 방
망이로 개패듯이 패면서
개처럼 끌고 갔다
적들은 무엇이 그리 급했는지 감방에서 입혀질 푸른
죄수복
벌건 대낮에 피멍으로 입히고
그가 무슨 몹쓸 짓을 그리도 했는지 여섯 명의 경찰
이 군화발로
여윈 가슴 갈가리 짓이기며 개처럼 끌고 갔다
3만 7천 금속노동자를 개처럼 개처럼 끌고 갔다
그가 잡혀간 밤, 적들이 흘렸을 천박한 웃음은 더욱
더 악랄해질 탄압의 시작일뿐이다

그가 잡혀간 밤, 동지가 흘렸을 분노의 눈물은 더욱
더 강고해질 투쟁의 핏빛 울음이다
피하지 마라
우리에겐 어떠한 탄압에도 굴하지 않았던 투쟁의 역
사가 있다
두려워 마라
우리에겐 목숨을 부르면 기꺼이 동지를 위해 목숨을
내주었던 피의 역사가 있다

잡혀간 그를 생각하면 가슴이 아프다
아침도 점심도 못 먹고 잡혀간 그에게 따뜻한 밥 한
그릇 먹이지 못해서가 아니다
갇혀 있는 그를 생각하면 가슴이 시리다
고통으로 잠 이룰 수 없는 밤 함께 하지 못해서가
아니다
그가 잡혀갔다 14명의 금속동지가 잡혀 있다
그가 갇혔다 14명의 금속동지가 갇혀 있다
가장 전투적인 그들이 잡혀 갔다
가장 비타협적인 그들이 갇혀 있다
일어서라 노동자계급의 사상적 무기로
돌파하라 비타협적 전투성으로

구출하라 구속동지를
사수하라 금속노조를
건설하라 산별노조를
이것은 갇힌 그와의 약속이다

갇혀 있는 그는 나다
갇혀 있는 그는 우리다
갇혀 있는 그는 3만 7천 금속노동자다
그는 나다 투혼으로 투혼으로 답하라

*김대용 금속 대구지부 수석부지부장을 포함한 구속된 14명의 금속
동지와 21명의 수배자 그리고 3만 7천 금속 동지들에게 바칩니다.

당신을 그립니다

— 2002. 9. 7 노점상 故 박봉규 열사 영전에 받치는 弔詩

혈관 속에 피가 타듯 뜨거움뿐인데
엄습해오는 죽음 앞에서도
"싸워주세요"
"나 같은 노점상 없게 해주세요"
모진 목숨 부여잡고
백만 노점상의 오열을 쏟아낸다

모질게 살아온 육십삼년
어느 한 순간인들 맘 편히 살았던가
공장에서 고물장사로 엿장사로
마지막으로 노점상이라도 해서
새끼들 가르치고 먹고살기 위해 열심히 일했건만
그것도 불법이라고
수시로 단속반에 빼앗긴 내 생명들,
차 밑에 드러누워 내 죽이고 가져가라고 몸부림쳐
본들,
밤새 입술이 타고 잠 못 이뤄 뒤척이며
새벽이 와도 깜깜한 한 맺힌 세월
짓밟혀도 조롱하고 비웃어도
내 새끼들만큼은 대물림으로 가난 물려주기 싫어
설움을 삼키며, 또 다시 일어서야만 했다

못 배운 죄, 가난한 죄 천형으로 지고 살지언정
모멸과 학대 속에서도
인간에 대한 믿음과 소망
가진 것 배운 것이 없어도
간절히, 간절히 평등의 세상을 원했다

노벨 평화상 국민의 정부
도시서민을 돕겠다는 재벌시장
언제 우리가 이 약속 믿었던가
당신들에게 보낸 내 유서는
단 하루만이라도 인간답게 살고 싶은 간절한 소망이
었다
천대받고 멸시받아온 백만 노점상은 온몸을 사르는
불길 속에서도
기어이 인간으로 일어서는 것을
너희 가진 자, 오만한 권력 앞에 똑똑히 보여주고 싶
었다

박·봉·규 열사여!
죽음과 삶을 가르는 불길 속에서도
당신의 죽음은 죽음이 아닙니다

이제 참혹의 고단한 세월 여기 다 버려두고 가소서
다 잊으시고 다음 세상에서는
빼앗아 가는 자, 빼앗김도 없는
평등의 세상에서 편히 쉬소서
당신의 간절했던 소망
인간답게 살 수 있는 해방의 그날까지 동지들 뒤따라
그 뜨거운 불길되어 하나로,
하나로 뜨겁게 타오르겠습니다
열사여! 편히 영면하소서

박·봉·규 열사여!

열사는 영원하다

—2002. 9. 27 노점상 故 박봉규열사 5차 투쟁 대회에서

영혼은
활활 타오르는 소지되어 청계천 하늘 휘날리고
육신은
차거운 길바닥, 구천을 헤매인다

살아 생전 흘린 땀과 선혈이 엉겨
길바닥에 나뒹굴고 있다
상복을 입고
상장을 딛고
하얀 소복의 슬픔이 도시를 엄습한다

청계천 4가 로터리
자동차 경적도, 소음도
소통이 차단된 전선(戰線)이 되어
흐느끼며 분노하는 오천의 대오가
추위와 배고픔과 밟혀 산화한 열사 오열에
결사 항전하며 전진한다

일흔이 넘은 고령에도
구부려진 등을 펴, 떠나간 사람 그리며
죽인 사람은 어디에 있어

나오라고,
나와 사죄하라고
들리지도 않는 절규는 길거리 메아리친다

권력으로 무장한 중구청 청사는
겹겹이 둘러쳐진 요새다
굳게 닫힌 성문은 철옹성이다
머리로 가슴으로 돌진하고
하얀 소복의 곡으로 두들겨 보고
각목이 난무하고
피범벅이 되어도 물러설 수는 없다

하나 둘 가로등 그림자 엄습하는 도시는
대오를 정리하고
또 다음 싸움을 준비한다
전투에서는 질 수 있어도
전쟁에서는 질 수가 없다
패배는 곧, 자유가 아닌 굴종과 굴욕뿐이다

동지들,
헝클어진 머리칼 불빛에 흐른다

눈물을 훔치면서
뒤돌아보며 드러누운 자욱이 바람에 나부낀다
또 가자
내일 싸움을 위해서
전선(戰線)을 점검하는
동지들, 가슴은 붉게 붉게 물들여져 있다.

검은 리본

—2003. 1. 두산중공업 故 배달호동지의 영전에 바칩니다

두산 가는 길
하늘은 푸르게 열려있다
검은 리본 위 죽음의 끝에 서 본다
그리움으로 사무칠 가족들 남겨놓고
고단한 동지들 그 많은 얼굴 뒤로 하고
천 갈래 붉은 피
만 갈래 하얀 뼈 속으로
거침 없이 타 들어오는 불꽃. 숨막히는 고통속에서
가볍지만 가벼울 수 없는 삶, 스스로 거두어
산 자들에게 아낌없이 남겨 주고는
나를 버리지 않고서는 갈 수 없는 길
민주광장 푸른 하늘 그 환장할 눈부심으로
다시 살아난 배달호열사
두산 가는 길
검은 리본 위 죽음의 끝에서 선 채로 나는 운다

큰 산 같은 영정 앞에 검은 머리띠 매고
죽어서도 지켜 보겠다는
민주광장 차가운 바닥에 나를 놓는다
산 자들의 노래 위로 바람이 인다
살아남은 자들의 구호 위로 바람이 인다

바람이 일 때마다 슬픔이 일렁거린다
바람이 일 때마다 분노가 넘실거린다
죽음처럼 드리워진 현장 통제
비굴하게 살아남기를 강요하는 폭압 앞에
굴욕적인 타협을 거부하며
나를 죽여 전체를 살리는 죽음으로써의 정면돌파

동지여 그대들 다시 살아
복수의 칼날을 갈 수 있다면
동지여 그대들 다시 살아
반격의 진군 나팔 불 수 있다면
아침을 부르는 신명의 몸짓이 되어
어둠을 떨치는 생명의 노래가 되어
꽃처럼 내 몸을 감싸고 있는 새벽 찬바람
불꽃처럼 타오르니
동지여 그대들 가야 할 길
또 다시 목숨을 부르는 투쟁이니
살아서 함께 할 수 없는 나
미안하다는 말 눈물로 쏟아 내고는
새벽과 아침의 경계 위에서 나 먼저 앞서 가니
"투쟁 반드시 승리하리라"

두산 갔다 오는 길
뼈에서 살을 바른 감자탕을 꾸역꾸역 입에 넣는다
목 안으로 넘어가는 뜨거움에 언 몸 풀리자
영정 앞에 바친 국화 그 향내 마르기도 전에
적들에 대한 분노도
열사와의 약속도 무너지듯이 풀리는 것 같다
반격의 칼날 위에 나를 세우자
복수의 칼날 위에 우리를 세우자
아! 피의 깃발 검은 리본이여
아! 투혼의 노래 검은 리본이여

그의 죽음은 우리들의 죽음이다

―2003. 1. 두산중공업 故 배달호동지의 영전에 바칩니다

마지막 순간,
그를 죽음으로 내몬 것은 우리들이었다
그가 온 몸에 신나를 뒤집어쓰고 불을 붙일 때까지
우리는 지켜보기만 했을 뿐이다
시꺼멓게 그을린 그의 시신 앞에 서서야
우리는 비로소 그의 죽음을 확인할 수 있었다
아니, 적들 앞에 비굴하게 무릎 꺾인 우리를 확인할
수 있었다
그를 죽음으로 내몬 건
아직 희망이 있다고 작살나버린 현장을 바꿔 보겠다고
해고자들이 쥐어주던 유인물을 외면한 우리의 무관
심이었다
손해배상, 징계, 해고, 재산가압류로 노조의 숨통을
짓누르던 적들보다
함께 싸우자 애원해야 마지못해 집회장으로 발길 돌
리던 우리의 무기력함이었다

백번 천번 노조가 잘못했어도 지금 우리는,
그가 죽음으로 무얼 이야기하려 했는지 알아야 한다
설사 우리가 회사를 이기지 못한다 생각되더라도
우리는 그의 죽음 앞에서 더 이상 기계를 돌려선 안

된다
　가압류로 손해배상으로 징계와 해고로 집행부가 꼼짝달싹 못하고 있을 때
　영혼마저 감시하려는 적들의 현장통제에 조합원들이 숨도 제대로 못쉬고 있을 때
　우리를 대신해 생살이 타는 고통 속에서 그는 죽었다
　먼저 가지만 민주광장에서 동지들의 모습을 보겠다고
　마지막까지 투쟁해서 반드시 승리하라고 말하면서
　시꺼멓게 그을린 몸으로 이렇게 누워 있는 것이다

　지금 싸우지 않으면 우리는 그를 두 번 죽이게 된다
　지금 싸우지 않으면 우리의 생존권은 지켜질 수 없다
　지금 동료들의 어깨를 걸지 않으면 우리는,
　민주광장 하늘을 두 번 다시 올려다 볼 수 없다
　마지막 순간 그가 죽음으로 외쳤던 노동해방세상을,
　지금 당장 기계를 끄고 머리띠를 묶으면서부터 만들어가야 한다

우리는 죽어도 동지를 그냥 보낼
수 없다
— 2003. 1. 두산중공업 故 배달호동지의 영전에 바칩니다

새해 새벽 민주광장, 겨울 나무 겨울 달
심장까지 서늘해지는 침묵만이
동지의 딱딱하게 굳어가는 몸, 마지막 길을 배웅했
는가
출근해도 재미없는 무너진 현장
기름밥, 뼈 속까지 상처가 깊어질수록
공장밥, 뼈 속까지 서러움과 분노가 깊어갈수록
도려내야 할 세상은 더욱 분명해진다

죽음 이외의 다른 길은 없었는가
오직 개인의 죽음으로 맞설 수밖에 없었는가
동지는 죽음을 앞에 두고 눈물조차 말라버렸을 것이다
사랑하는 두 딸과 아내
차가운 창살 속의 동지들
투쟁이 소진되어가는 자리, 침묵하는 조합원들
이제 분노조차 사라진 현장
많은 동지들이 지치고 체념하고 흔들리는 현실 앞에
온 몸이 타들어가면서 외쳤던 동지의 마지막 절규

"동지들이여 끝까지 투쟁해서 승리해주길 바란다"

배달호 동지는 마지막까지 동지들을 격려하고 갔다
배달호 동지는 찬 겨울 바람, 지친 동지들을 위해
육신의 마지막 불꽃으로
따뜻한 투쟁 공간을 만들어주고 갔다
배달호 동지가 육신의 마지막 불꽃으로 남기고 간
공간은
분노조차 일지 않는 무기력한 침묵을 깨는 자리이다
절망보다 깊은 체념을 깨는 자리이다
투쟁을 시작하기도 전에 마지막을 미리 생각하는 변
명과 구실을 깨는 자리이다
노동자 알몸으로 다시 태어나는 자리이다
이제 우리는 이 투쟁공간 속에서 새롭게 무장해야
한다
지금은 눈물을 흘릴 때가 아니다
더이상 물러설 곳이 없다
네가 못하면 내가 한다
지친 동지들 일으켜 세워 다시 머리띠를 묶어야 한다
배달호 동지의 절규와 보폭을 맞추고
나란히 걸어가야 한다
말뿐인 투쟁이 아니라
현장에서 매일같이 싸우면서 배달호 동지를 불러야

한다
  목숨 걸고 할 수 있는 모든 투쟁 속으로
  배달호 동지를 불러야 한다
  배달호 동지의 이름을 부를 때마다
  우리는 새롭게 태어나야 한다
  투쟁의 길, 노동해방의 길
  배달호 동지를 영원히 살게 하는 길이다

  우리는 죽어도 동지를 그냥 보낼 수 없다
  동지의 딱딱하게 굳어진 몸 속에서
  새로운 기운이
  새로운 투쟁 질서가 자라날 때까지
  ―자본에 맞선 노동자 공동전선;
  배달호 동지의 절규와 보폭을 맞추고 나란히 나란히
  전국 노동자들의 민주광장인 현장에서 총파업의 깃
발이 올려질 때까지
  ―자본에 맞선 노동자 공동전선;
  배달호 동지의 절규와 보폭을 맞추고 나란히 나란히
  정규직 비정규직 해고노동자들의 공동투쟁의 깃발
이 올려질 때까지
  ―자본에 맞선 노동자 공동전선;

배달호 동지의 절규와 보폭을 맞추고 나란히 나란히
그리하여 배달호 동지의 딱딱하게 굳어진 몸에 다시
피가 돌고 꽃이 피기까지
　우리는 죽어도 동지를 그냥 보낼 수 없다

2부

다시 중심으로

김영철

1952년 전남 벌교 생
전국노점상연합회 사당지부 부지부장
전노련 기관지 「가로수」 편집장
E-mail : 19521010@hanmail.net

노점상

군고구마 장사

늙은 노점상의 봄

내 친구 봉님이

칼을 갈며

우짜문 쓰것능가

노점상

바람 잘날 없는 길바닥
이리 채이고
저리 밟히고
부서지고
망가지며
싸우고
또 싸워도 싸움 끝이 없다

처절히도 밟히며 괄시, 무시당하면서
길바닥 주저앉아 사는 사람들
간 쓸개 다 빼 두고 나오라 하지만

오늘 또
쓸어 담고
뒤돌아보는 길바닥
피멍이 되어
검푸르게
검푸르게 짙어만 간다

군고구마 장사

오늘 처음 길거리 장사 나온 군고구마 할아버지
빼꼼한 골목 모퉁이 전을 편다
행여 누가 치우라고 하지 않을까 두리번거린다
오는 손님들에게도 겁에 질려 허공만 바라본다

영화 속 독립군 복장을 하여도
닭장사 바지를 입어도 사시나무처럼 떨리기만 한다
장작불 하나 제대로 붙이지도 못하고
연기가
보타버린 눈물을 쥐어짜낸다
활활 타오르는 불 속에
어찌 살았는지 내 젊은 날 부끄럽고
피붙이 내 곁 다 떠나고 시린 겨울만 있다

공공근로 사업장도 봄 되어야 하고
생활보호 대상자라고 지급되는 몇 만원 가지고는
물 값 불 값도 안 되고
하루에 만 원만 벌어도 부자로 살 수 있다고
휑한 눈가에 겨울이 매섭다

길거리 한 컷
쓸쓸히 말라 죽어가는 동백나무 이파리 애처롭다

늙은 노점상의 봄

봄은 길바닥 지천에 누워 있다

쑥 한 무더기
냉이
달래
늙은 노점상 다라에
봄날의 삶이 고스란히 담겨 있다

봄바람에 하늘거리는 여인 옷차림은
계절을 저만치 앞서만 가고
꽃샘추위보다 매서운 삶 언저리
늙은 노점상 손끝을 저민다

투쟁도 모르고
아무 잘못 없는데도
단속의 호루라기는 왜 그리 들려만 오는지
사방을 둘러보아도 아직도 시린 겨울뿐이다

손자 같은 녀석들
노오란 병아리 한 마리 사들고
길거리 한복판
늙은 노점상 다라에서 새봄을 맞이한다

내 친구 봉님이

내 친구 봉님이는 일류 한식 주방장이다
돌아설 틈도 없는 작은 공간에서
활활 타오르는 불구뎅이 속에서도
숙련된 그 솜씨는 맛을 넘어 예술의 경지이다

객지살이 처음
식모살이 하던 집에서
부지런하고 눈썰미가 있다며
고맙게도 식당 주방에서 일하게 되었다
그때가 방년 열다섯이었다

그 시절이야
끄니만 때워도 황송하였고
배우기 위해 접시로 맞아가면서도 웃어야만 했고
주방장은 제왕이었다
그림자도 비켜서야 했고, 사부님은 하늘이었다

칼질을 배우면서
고기 결을 배우면서
손가락 두 개가 절단되어도
움켜진 두 손에는

설움의 경력이 빼곡히 쌓여, 주방장이 되었다

삼십여 년의 경력은
가는 곳마다 솜씨가 좋다고 손님들이 문전성시를 이
룬다
그 좋은 솜씨로 내 가게 하나 만들지 못하고
남의집살이에 피골이 상접하다
힘들어 그만둔다 하면
단돈 몇 만원 월급 더 올려준다 유혹하지만
내 노동은 어느 곳에서도 배부른 자본만 살찌우고
있다

오늘도 날 찾아와
너처럼 맘 편히 살 수 있게끔
푸념하는 친구에게
언제쯤, 우리 사는 세상은 일한 만큼 당당히 살 수
있을까?

칼을 갈며

무디어진 칼을 갈며
시퍼렇게 날, 세운다

썰고
또 썰어
푹 패인 도마 자욱
반들거리는 칼자루에
켜켜이 쌓인 세월 흘러만 간다

한 점 허실도 없이
창호지처럼 얇은 저밈에도
옹이진 손끝은 떨리고 있다

언제쯤 나, 저 살찐 고깃덩이
싹둑싹둑 잘라 허기진 이들에게 나눠줄 수 있을까
언제쯤 세상살이 바로 자를 수 있을까

날선 칼날은
나를 일으켜 세운다
칼날처럼 빛나라고
녹슬지 말라고.

우짜문 쓰것능가

아 ! 또 선거철이 된 모양인디
말 잘 흐고
똑똑한 넘들이
지가 머심이 되갖고
잘 살게 해주겠다고 저 난린디
우짜문 좋것능가

머심 되갖고 도적질흐다, 잽혀가는 놈덜 한번 보소
낯짝은 번지르 해갖고 우찌 그리 도적들이 당당흐당가
아! 속으로 뭐라 하는지 아능가
씹헐 디럽게 재수가 없어 나만 걸렸는디, 느그들은
안 쳐묵었나
눈깔 부리고, 깜악소에서도 큰소리 땅땅 친다마
이참에 나온 놈들도 다 그런 놈들 아닌가

시상이 발전되야
인타넷인가 뭣에다는
죽은 할부지 사진까지 올려놓고
무신 애국자였네 함시롱
훈장까지 주렁주렁 널려 놓고
날매다 지사를 지낸다나

하기사 우리 같은 길바닥 장시꾼들에게사
무신 약속인들 못흐것는가
표만 준다면,

아 지금 나라님도 한번 보세
우짜든지 없는 사람들과 손 잡을라고
얼매나 손 부러터지게 악수를 청했등가
우리가 선거 때마다 얼매나 밀어주었등가
허! 참
칙간 갈 때와 나올 때 다르다고
옛 말이 참말이시
나라님 되갔고
자기편 때려잡는 것 한번 보세
노동자 모가지 댕강 짜르는 것이 누워서 식은죽 먹
듯 해뿔고
아! 노점상 때려잡는 것이, 포리 때려잡듯 하니 말이시

아 긍께 우리끼리 말이 났으니 말이네
한번 난리가 났다고 생각혀 보세
저넘들이 젤 먼저 금댕이 챙겨 도망갈 놈들 아녀
누가 지키고 싸울 것인가

우리 같이 사는 사람들일 것인디
분명 우리가 주인은 주인인듯 흔디
우째서 시상은 꺼꾸로만 돌아간당가

아 ! 우짜문 쓰것능가
귀중헌 내 한 표
찍기는 찍어야 쓰것는디
참말로 환장해불것네
또! 내 발등 찍는 것 아녀

손병도

1957년 생
서울지하철 명동역사 근무

아~ 사패산이여 !

동지여

빼앗긴 것을 되찾아 — 명동성당 들머리에서

아~ 사패산이여!

북한산 자락 북쪽 끝 모퉁이
대머리 아저씨 사패산(賜牌山)*
허리띠가 풀어지자
바지춤을 붙잡네

불도저의 굉음이
봉선사의 염불 소릴 짓눌러도
하얀 속살이 보이자
바지춤만 붙들고 있네

천년의 세월 동안
숨소리도 못내며 살아 온
사패의 원시림을
설악의 천불동에 비길손가

매서운 바람에
동여맨 머리띠가 흩날리자
백범(白帆)이 소리 없이
함박눈을 뿌리네

* 사패산 정상에서 서울외곽순환도로 북한산국립공원 관통반대 대책위
원회 농성장을 바라보며. 2001. 12. 18

동지여

잠시만이라도 웃을 수 있다면
내 하나 슬픈들 어떤가.

칭얼거리다 젖을 물리면
금방 뚝 그치며
배시시 웃는
아이의 해맑은 모습이 그리도 아름답건만
울음소리 듣기 싫어
아이의 입을 틀어막은
저 더러운 손을 치울 수만 있다면
내 하나 흠씬 맞은들 어떤가.

수마가 휩쓸고 간 들판에
다시 생명이 꿈틀거리고
보금자리를 꾸며
농부의 푸욱 패인 주름을 펼 수 있다면
내 육신이 힘들면 어떤가.

불보다 뜨거운 깃발과 머리띠를 내동댕이치고
일상을 핑계 삼아
빈둥거리는 동지를

단 몇 명,
아니 단 한 명만이라도
돌아오게 할 수만 있다면,
정녕
이 땅에
웃음이 넘치고 노동이 즐거운
민중의 세상으로 바뀔 수만 있다면
내 눈에서
내 눈에서 피눈물이 난들…

빼앗긴 것을 되찾아

― 명동성당 들머리에서

오래 전
그곳에 갔을 때
그들은 우리를 반갑게 맞이하였고, 따뜻하게 안아
주었다.

우리같이 헐벗고 굶주린 가엾은 사람들이 그리 많고,
우리 같은 친구들이 그리 많던 그곳에서
희망의 노래를 불렀다.
너나할 것 없이 힘차게 불렀으며
깃발을 높이 올렸다.

서슬 시퍼렇던 시절에도 우리는 그곳에서
희망의 노래를 불렀지만
그들은 독재의 총칼을 막아 주었다.

그러나 이젠
노벨평화상의 위상을 보전하기 위해
녹녹치 않은 양들의 원성을 누그러트리기가
너무 고통스러워 그럴 수 없단다.

자신들의 고국을 떠나

오로지 코리안 드림을 꿈꾸며
열심히 일만 한 이주노동자들의
눈물겨운 외침마저
이제는 외면할 수밖에 없단다.
그래서 천막을 부셔버렸단다.
어쩔 수 없이

방패에 찢기고, 곤봉에 맞은 상처가 아물지도 않은
환자의 육신을
제국의 총칼이 갈기갈기 찢어 나누어 가져도
이젠 외면할 수밖에 없단다.

아름다운 산하가 잘려나가고,
기름진 옥토를 파헤쳐 버려도,
또 다시 이 땅에 포성을 울린다 해도
이제는 외면할 수밖에 없단다.

그들마저.
이곳마저.
이 힘없는 우리네가 막다른 골목까지 몰려
의지하고 외치고, 쉴 수 있는 터는 어디인가?

이제 갈 곳이 없다.
이제 쉴 곳이 없다.
이제 아무도 우리를 받아주지 않는다.
이제 아무도 우리를 부르지 않는다.

그러나
포기할 수 없다.
아직 우리의 육신이 멀쩡하지 않은가?
아직 우리는 움직일 수 있지 않은가?
아직 우리의 혼(魂)은 살아 있지 않은가?

그래,
다시 시작이다.
세상을 바꾸는데 모든 것이 필요한 건 아니다.
패배한 투쟁의 경험을,
등 돌린 동지의 고통을,
알량한 자본의 손짓을,
음흉한 정치의 협박을
똑바로 보고 싸우면 된다.

그래,

다시 시작이다.
우리는 기다릴 여유가 없으며, 한눈 팔 시간도 없다.
고개를 들고,
깃발을 들고,
어깨를 걸고,
빼앗긴 것을 되찾아
목 놓아 외치며 피 터지게 싸워야 한다.

우리의 터와
우리의 육신과
우리의 희망과
동지들의 복수를 위해.

김도수

1962년 생
일용직 노동자
해방글터 동인시집 『땅 끝에서 부르는 해방 노래』(문예미학사)
e-mail : jisansoo@hanmail.net

만남
남전무
영등포역 역무원―전사3

만남

벌 눈썹 아래 뱀 눈을 연방 껌벅이는
삭발한 까까머리를 마주하고 보니
가슴 밑 깊숙이 묻혀 있던 주머니 하나
자꾸만 솟아올라 터지려 하네
인사말도 악수도 건네지 못하고
먼저 여기저기 둘러보네

굳이 연배를 따지지 않아도
몇 년이라도 내가 먼저 늙어 가겠지만
형님 하는 일이 왠지 믿음이 간다고
성서 공단 끝나는 길 섶 간이식당에서
희미하게 말하던 그때만 해도

미래에 대한 믿음도 믿음이지만
자신에 대한 확신이나 자신감도 없이
검은 파도를 맞으며 나아가는 작은 배가
참 아름다움이라 말할 수 없었는데

정말이지 몇 년 만인가
꼭 다시 만나자는 약속 없이
이렇게 다시 만나다니

국회진격투쟁을 나설 즈음 뒤편에서
대오는 폭풍처럼 밀려갔다가 다시 밀려왔지만
담배 하나씩 물고 히죽히죽 웃으며
서로 마주보던 눈물 같은

남 전무

남들이 부르기 쉬워서
사악하지도 영리하지도 못한 그를 전무라 부른다
계급은 노동자

페인트가 범벅이 된 바지
송곳 같은 햇살이 내려와 박혀도
장갑 낀 손으로 수건 하나 동여매고
화공약품 가득한 데서 작업을 한다

서른여덟보다 많은 주름살이
노동의 역정을 설명해줄 뿐
누가 모함해도 원망 안 하고 일만 하고
돈을 벌어서 여자 밑에 쓰긴 해도
유치장 근처에도 간 적 없다
배운 것도 가진 것도 없어서, 좋다는 여자도 없지만
작업장에선 늘 엄지손가락이다

힘겨운 노동일 하고부터
심장병인줄 모른 채 쓰러져 숨가쁜 날
어머니가 생각난다고 했다.

비가 와서 차비만 날리고 허탕치는 날은
선술집에 모여 막걸리 한 사발로 끼니를 때우는데
검붉은 힘줄이 툭 불거진 손으로 사발을 움켜잡고는
거꾸로 가는 썩은 세상을 얘기한다

세월의 흙먼지 속에 집채만한 바퀴는 굴러가고
쥐새끼처럼 매달려
열심히 라마콘을 줍고 있는 남 전무
몸으로 얘기하는 노동자

영등포역 역무원

근무복 푸른 빛 사이로 삐져나온
하얀 블라우스의 영등포역 역무원
교도소 면회창같이 생긴
구멍 몇 개 난 유리창 너머에 갇혀
인생을 팔고 고단함을 파는

낮밤 없이 전등 불빛이
왁자한 소리를 삼키는 동안
표정 없는 손길은 자동판매기처럼
날렵하게 승차권을 연달아 토해낸다

철마가 바뀌고 역장이 바뀌어도
계절이 바뀌고 또 수삼 년이 흘러도
달라진 건 근무복 색깔 몇 번뿐
명절도 없는 하루 삼교대 근무에서
한 발짝도 앞으로 나아가지 못하고
공기업 사유화 정리해고 벼랑에
뒤로 한 발짝 물러서지 못한다

쪽진 머리 아직 검은데
이마 위로 줄지어 내려앉은 갈매기

철도 역무원 역정이
낙엽 타는 냄새처럼 풍겨나온다
일손 공정 하나라도 덜어 주려고
자판기로 동전을 들고 가다가도
다시 돌아서게 하는 역무원

배순덕

1963년 강원도 동해 생
금속노조 부산양산지부 정관지회 조합원
해방글터 동인시집 『땅 끝에서 부르는 해방 노래』(문예미학사)
E-mail : sunbori3@hanmail.net

우리들의 싸움

승산 없는 투쟁이라고
계란으로 바위치기 같은 싸움에
깨지는 건 언제나 너희들뿐이라고
비아냥거리지만
밥그릇조차 빼앗아가려는
너희 음모
앉아서 당할 수만은 없었다

세상이 아무리 달라졌다고 해도
늘 노예 같은 노동자의 삶
돈벌이 시원치않다고
평생 몸 바쳐 일해 온 우리들의 공장
팔아 치우려는 자본에 맞서
투쟁의 깃발을 들어야 했다

어쩌면 외로운 우리들의 긴 투쟁이
혹독한 이 겨울 끝날 무렵
깊은 상처로 남겨질지 모르겠지만
설령 그렇다 하더라도
노예이길 거부했던 처절한 이 싸움이
내 생애에 가장 아름다운 삶으로 남아 있으리

그날
— 노동절 집회를 다녀와서

1991년 5월
비릿한 바다내음 나는
다대포 한진중공업
전노협만 탈퇴하면
구속하지 않겠다는 적들의
간교한 회유와 협박에 당당히 맞서 싸웠던
박창수 위원장이
쇠사슬에 묶여 끌려가더니
차디찬 주검이 되어
우리들 곁으로 돌아오던 그날

검은 천
드리워진 연단에
열사의 장남
여섯 살박이 용찬이가
초롱초롱한 눈망울로
아빠가 좋아하시던 노래라며
솔아 솔아 푸르른 솔아를 부를 때
천오백 대오는
무너져오는 원통에 끝내 오열을 토했다

그랬다
우리는 열사의 주검 앞에
용찬이의 초롱초롱한
눈망울에 맹세를 했다
노동자가 주인되는 그날까지
동지의 몫까지 투쟁하겠다고

2002년 5월 부산역
박창수위원장 정신계승 및 112주년 세계노동절 기념식
그날 투쟁을 결의하던 동지의 얼굴도
그날 서슬 퍼렇게 일던 분노도 보이지 않는다
다만 아직 열사를 떠나보내지 못한
선배노동자의
가슴 후비는 오열만이 눈시울을 적시고 있다

그리움

열일곱 살, 내 꿈은
갈기갈기 찢긴
가난에서 벗어나는 일이었기에

손가락 부르트는 가위질도
다리 퉁퉁 부어오르는 뜀박질쯤
박카스 한 병이면 거뜬했었지

미싱공 언니 모진 잔소리
생리대 심부름 수치심 정도야
화장실에 앉아 눈물 섞인
콧물 한번 풀면 그만이었지만

이 악물어도 참을 수 없어
캄캄한 자취방
베갯잇 흥건하게 적셨던 그리움은
내리 딸 일곱 낳았다고
뜨끈한 구들장에 누워
미역국 한 그릇 드신 적 없이
비릿내 절은 옷차림에 생선대야 머리 이고
산골마을 구석구석
목이 갈라져라 터져라 외치던 엄마였지

늙은 노동자의 독백

불어오는 바람만큼만 펄럭이는 노동조합 저 깃발
세상 이치 깨우쳐 주는 듯
답답한 내 숨통 틔워 주는 것 같아
휴식시간마다 담배 꼬나물고
공장 담 밑에 앉아 쳐다본다
내가 저 깃발 알기 전에는
소처럼 열심히 일만 했지
젊은 날 안 해본 일 없건만
어찌 된 일인지 입에 풀칠하기 빠듯해
막내딸, 남들처럼
공부시키지 못한 게 가슴에 맺혀
시집갈 때 장롱 하나라도
애비 손으로 장만해주고 싶은 욕심에

철야, 시켜만 준다면
시멘트 바닥에 한뎃잠이면 어떻고,
쓰린 속 시원할 해장국 대신
목구멍에 걸리는 컵라면이 대수겠나
아예 이불보따리 싸들고 출근하던 날
노동조합 젊은 것들이 싫은 소릴 했지만
제깐놈들이 세상물정 뭘 알겠나 싶어

들은 척도 안 했어

납품물량 바쁘고 일손 딸린다고
쉬는 날 없이 뺑뺑이 돌리더니
어디 가서 젊은 것들 몇 데리고 와서
늙은 것들은 나가라 하네,
대통령만 개혁하는 줄 알았더니
쬐그만 우리 공장도 개혁한다고

하지만 이젠 호락호락 물러설 수 없지
올 여름 세상 휩쓸고 간 비바람에도
굳건하게 펄럭이던
내 삶에 희망 같은 저 깃발
뺏길 수야 없지 암 없고 말고…

아픈 기억

프레스에서 떨어져 다친 허리
여섯 달 동안 병원 신세졌지만
쇳덩어리에 골병든 몸
마음같이 쉬이 털고 일어나지 못해
며칠 더 쉬었다고
징계위원회에 회부되어
작업도중 불려가는 형주 아저씨
밝은 얼굴로 "당당하게 말씀 잘 하시소"
손 흔들며 가는 형주 아저씨 얼굴 위로
포개지는 또 하나의 얼굴

1986년도쯤
신발공장 재단검사 일할 때
며칠째 굳은 표정으로 일하던 재단사 아저씨
무슨 일인고 넌지시 물어보니
"집주인이 전세금 올려달라는데 그것도 이백만 원이
나…"
셋방살이 서러움 짙게 배여 깊은 한숨 내쉬던 아저씨

한 사흘 후 작업도중 "악" 외마디 비명에
재단기 위로 톡톡 튀는 손가락 한 마디

하얗게 질려 부들부들 떨고 있는 나를 향해
물기 젖은 눈으로 슬픈 웃음 짓던 아저씨
목돈 필요하면 손가락 하나씩 짤라냈다는
소문이 헛소문이 아니었던 절박한 시대

15년이 지난 지금
재단사 아저씨 얼굴 위로
형주 아저씨의 고단한 삶이
슬픈 현기증을 느끼게 한다

편지

조합원 아주머님이 탈퇴하면서
"언니! 미안해" 합니다
그녀 마음 헤아리기에 웃고 말았죠
노동조합 탈퇴 안 한다고
관리자한테 시달려 애처로웠는데
차라리 속이 편안합니다
미안한지 점심마저 굶은 그녀에게
위장약을 건네주니 더 미안해 합니다

단식 한 달 보름을 넘기면서 떨어진 체력
오늘 오후, 일하다 나도 모르게 또 넘어갔나 봅니다
눈이 따가워 어렴풋이 떠보니 병원 입구
링겔 두 병 맞고 회사에 오니 쉬랍니다
회사 나오는 게 더 골치 아프니
차라리 쉬면서 몸 챙겨 밥 먹자고 하네요
잔업하는 동료들 뒤로 한 채
혼자 통근 승합차 타고 오면서 깨닫습니다

땅거미 지는 산등성 울창한 숲
어쩜 나는 울창한 숲만 보고 활동을 했구나
숲에 가리어 엉킨 채 뿌리 뻗어

끈질기게 생명을 키우고 있는
이름 모를 들풀을 보지 못했구나 싶었습니다

다시 시작하렵니다
노동조합 설립하기 위해
한 사람, 한 사람 만나 설득시켜 나가던
처음 같은 마음으로 다가가렵니다
봇물처럼 솟구치는 물줄기 아니더라도
한 방울씩 떨어져 샘을 채우는
마음으로 다시 일어서렵니다

삶 언저리에서
노동의 현장에서
어려움을 겪고 있는 동지들
한 방울씩 떨어져 샘을 채우는 마음으로
실천하는 우리들이 되었으면 합니다

김강산

1964년 대구 생
중고자동차 판매원
1989년 노동해방문학을 통해 작품활동 시작
창작모임 「백두산」 회원으로
제1회 전태일문학상 시부문 추천작 수상
해방글터 동인시집 『땅 끝에서 부르는 해방 노래』(문예미학사)
E-mail : randl@dreamwiz.com

우리의 시가 무기가 될 수 있을까
사북에서
山河
戀歌

우리의 시가 무기가 될 수 있을까

우리의 시가 무기가 될 수 있을까
잊혀진 시들, 잊혀진 날들

그날을 함께 했던 동지들의 다짐
한 맺힌 넋들의 울분은
그것이 전리품인 양 금의생환(錦衣生還)한
소수의 노리개로 바뀌었다.

과연 이것이었던가
우리가 바라마지 않던 그날의 모습이
눈물을 흘리며 파업 현장을 지키던 우리의 바램
참을 수 없어 터져 나오던 분노의 함성
그 모든 것을 기억의 한쪽에 모셔두어야 하는가?

그러고 싶지 않다
그럴 수 없기 때문에
우리는 뭉툭하게 볼품 없지만
우리의 가진 무기를 꺼내 든 것이다
찔러보고, 쑤셔보고

그래도 날이 닳아 저들에게 꽂히지 않는다면

뭐 거꾸로 들고 손잡이로 머리통이라도 날려 봐야지
이게 우리의 깡다구 아닌가!

사북에서

우리가 살아 있는 그날까지 이 땅은 꼭
아름다울 수 있으리라 믿습니다
많은 산과 산들을 침묵으로 지난 뒤 이곳에 내리면
어깨에 분분히 쌓이는 눈발
힐끗 돌아보면 그것은 역 뒤로 웅크린
검은 탄가루였습니다 모두들 깃털을 털고
일어서서 이 땅의 깊은 노동의 탯줄을 끌고 오는
사내들의 숨결이었습니다. 하여,
사북의 억센 눈빛은 모두 닮아 있고
아 어머니 체온 같던 그 깊이의 무게
침엽수림의 잔가지마다 하얗게 꽃은 피어도
가늠할 수 없는 힘이… 깨어보면
얼어터진 손금의 가장자리로 차츰 지워지고 있었습니다
아름다운 사북에는 세상 가득한 눈만큼이나
우리의 주름진 눈가에, 가슴의 조그만 응어리마다
사원주택의 슬레트 담 곁으로 사랑이, 눈물이 얼룩
져 까맣게 눌러 붙고
사람 사는 것이 다 그래요 라며
투박한 찻잔을 가져다 주던 동향의 아가씨
어둠이 오기 전에 서둘러 떠나고, 떠나는 모습을
창을 여미고 바라보았습니다 저마다 안색을
감추고 언제까지나

山河

초라하지 않기 위해 술을 마신다
공사장 입구의 선술집. 취하면
가질 것 없는 잔마다 가득
채울수록 황량해지는 나날들
무엇으로 보답하리 연장은 닳고
벗들은 하나둘 떠나 낯설게 남은
인생의 뼈대 증축 못할 나의 방
틈틈이 박힌 푸른 이끼에
머리를 처박고 잠든다 밤새 아낌없는
아내의 사랑 목마른 기억이 묻어난다
우리가 살아 있음은 무엇일까
가질 것 모두 남겨두고서도 내 부끄러운
반도의 땅
깊은 곳마다 아픈 몸살로 뒤척임을
가문 어둠의 뿌리가 드러날 때쯤에야
하얗게 신경이 저려오고 하여
생장점을 잃은 목재처럼
도열하는 긴 세월의 숨결이여
새벽별은 가시처럼 돋아나 있고
길을 가다보면
길 아닌 것들이 일어나 손짓하는,

목쉰 바람 한줄기 불어주는
공사장 입구의 선술집
늘상 취하는 자들은 엎드려
조그만 노래를 부르리라
기다림의 가난한 가슴 비워주는
이 땅의 목 메인 사랑을

戀歌

야근을 하던 여공은 가끔 까닭없이 웃곤 했다
나는 손을 멈추고 거울을 쳐다본다
누군가의 흉터가 묻어났다
살이 닳도록 당당해질 수 없는 손 마디로
자정을 넘기는 우리의 꿈
꽃은 꽃으로 보이고 어둠은 그렇게 항상
창밖에 두근거리고 있을 거라고 믿는다
어디선가 물소리 멀고 가깝게
이 땅에서 그녀의 가슴으로
흐를 수밖에 없던 형의 눈물
형은 책장을 넘기면 항상 비어 있지 않으려던
죽은 아버지의 손이 두렵다 한다
지금쯤 그녀의 가슴도 그처럼 풍만할까
살아 있는 모든 것들이 잠들어 이제
창밖으로 오리온성좌 젖은 눈썹이 붉다
안식의 저녁을 기도하리라
아침이면 꼬마는 길 건너로 빵을 던지며
학교로 가고 공장을 나서면 부신 햇살을
십자가가 비집고 있다
바삐 사라지는 여공도 주임도
흐물흐물 햇살 속에 녹아드는 아침녘
이 땅도 저물기 위해 자꾸만 흘러가는가

조선남

1966년 대구 생
대구지역 건설노조 수석 부위원장
1989년 「노동해방문학」으로 글쓰기 시작
창작모임 「백두산」 회원으로
제1회 전태일문학상 시부문 추천작 수상
제1회 노나메기 새뚝이상 수상
개인시집 『희망수첩』(문예미학사)
해방글터 동인시집 『땅 끝에서 부르는 해방 노래』(문예미학사)
E-mail : ptpen10@hanmail.net

아내가 걷는 상수리나무 숲
그해 겨울, 가난한 사랑
자본의 철옹성은 우리의 요새
어둠 속의 옥포만

아내가 걷는 상수리나무 숲

상수리나무가 내어 준 산기슭
좁은 돌담길을 걷는다
바스락 바스락 밟혀 오는 소리에
아내는 아스라한 옛 길을 걷다가
놀란 담비에게 먼저 길을 내준다

부축하여 걷던 나를 돌계단에 앉혀놓고
손바닥 위에 햇살을 받아
스치는 바람에게 하소연이라도 하듯
긴 한숨을 몰아쉰다

지난 가을
회사에서 연락 받고 달려간 중환자실
모두들 희망이 없다고 말했을 때
아내의 눈물샘도 말랐다

우리 어디까지 왔을까?
왜 상수리나무의 도토리는 겨울 눈보라에
살이 얼어 터져야 여물어질까?

기다리는 대답도 없이 묻고 또 묻는다

아내의 눈시울이 붉다
아픈 다리 부축하여 걷는
아내는 더 힘겹고, 아파한다
나보다 더…

아내가 걷는 상수리나무 숲
낙엽 지는 길은,
겨울을 지나 봄을 향해 나 있다

그해 겨울, 가난한 사랑

사람들 앞에서 내 시선은 애써 당신의 눈빛을 외면
했다
두려웠다. 혹 사랑에 빠졌다고 할까봐

길을 걷다가 내 곁에서 발걸음 같이 하는 것도
두려웠다. 혹 수배자의 애인으로 지목 받을까봐

땅 끝 어느 작은 공장에서 땜질을 하면서도
소식 한번 전하지 못했다
모질지 못한 성격에 눈물이 앞설까봐

약속은 계약이 아니라 말하며
그리움에 미어지면서도 당신 이름 한번 다정히 부르지
못했던 우리의 사랑은
짙은 밤안개, 비처럼 뿌리던 날
암호로 주고받던 긴 호흡이었다

헤어지는 밤 길, 아쉬워하며
눈가에 맺히던 별빛 선연한데
끝내 사랑한다는 말 한 마디 못했다

그 해 겨울, 우리들의 가난한 사랑
그 보잘 것 없는 순간마저 빼앗길까
두려웠기 때문이다.

자본의 철옹성은 우리의 요새

교활한 자본의 혓바닥은
뱀의 그것처럼 유연했다
지혜로웠다
갈라 터진 농민의 가슴에
기름을 붓듯
국민의 정서를 들먹이며
노동자의 후방을 교란했다

그리고
무엇보다 우리의 약한 고리를 치고
꿀처럼 달콤한 이윤의 젖줄을 빨며
우리를 농락하고 있었다

정규직과 비정규직을 갈라 치고
원청과 하청 노동자를
외국인 노동자와 내국인 노동자를
갈라 치며
노동자의 대오를 무력화시켜
저들의 입맛대로 갈라놓았다

정규직, 비정규직 노동자들이

고통받는 계급의 이름으로
손을 맞잡는 순간
저들은 눈에 불을 켜고 미쳐 날뛰며
쇠파이프를 휘두르고 도끼날을 세웠다
투쟁의 거리는 온통 노동자의 피로 물들고
감옥은 끌려온 노동자로 넘쳐났다
이백일 삼백일 텐트를 치고 찢어진 투쟁의 깃발을
움켜쥐고
평생을 바친 일터를 지켜내고
뿔뿔이 흩어진 가족을 불러 모아
열심히 일하며 살아가고자 했던
수많은 노동자들은
불법파업, 폭력시위 주동자가 되어
과격분자가 되어
폭도가 되어 끌려갔다

가진 자에게 무한하게 보장되는
착취의 자유를 위해
초국적 투기자본과 독점재벌이 나란히
아주 사이좋게 평화롭게 공존하는
인권의 나라를 위해

노동자에게는 절망의 나라가 되었다
쫓겨나지 않는 일자리와
빼앗기지 않는 밥그릇을 위해
제 살을 파먹듯 서로 경쟁하며 살아가는
참혹한 세상이 되었다

이 땅의 노동자로 태어나
누구 하나 자유로울 수 없는 하늘 아래
두려움에 떨며 기계에 머리를 처박고
실리를 찾는 공포에 떠는 저 눈빛
겁먹은 저 대열
끝도 없이 밀려오는 경찰들

동지들! 잊었는가
자본의 철옹성은 우리의 요새
이윤의 목줄을 거머쥐고
공장을 점거하고
기계를 멈출 때
노동자계급으로 일어선다
자본이 갈라놓은 착취의 수단인
정규직과 비정규직이 하나의 계급으로 일어선다

공장을 점거하고 기계를 멈추어라!
자본의 철옹성은 우리의 요새다

어둠 속의 옥포만

만선의 깃발 접고
포구 깊숙이 몰려와
닻을 내리는
옥포만

바람의 울음같이
바다를 떠도는 쇳소리
휘날리듯
출렁이듯
허공에 매달려도 일손을 놓지 못한다

허리를 휘감아 걸어줄
안전띠 하나 없이
바닷물이 말라버린
도크 바닥에
곤두박질쳐도
끝없이 곤두박질쳐도
일손을 멈추지 못한다

품을 팔아 날품을 팔아
그날그날 땜질하듯

먹고사는 일에 하루를 때우며
위태로이 일에 매달려
땅거미가 지고
자욱한 어둠이 졸음으로 몰려온다
어둠의 끝자락
쇳가루를 날려 불꽃처럼
어둠의 한 토막만이라도 찢어
불을 밝혀라

오원박

1966년 경북 영양 생

현재 금속노조 상신브레이크지회 조합원

해방글터 동인시집 『땅 끝에서 부르는 해방 노래』(문예미학사)

E-mail : ptpend@hanmail.net

노동자 시인의 아내는

개 같은 죽음

푸른솔이 나에게

다시 중심으로

용연사에서

노동자 시인의 아내는

아내는 조그만 공장에 다닌다
아침부터 남편 자랑 자식 자랑 사돈의 팔촌까지 들
먹이는데
무엇 하나 내세울 게 없는 아내는 나를 시인이라고
했다

해방글터 첫 시집에 내 이름 석 자 실렸지만
아내는 시집을 갖고 가지 못한다
아침마다 화장하는 임시직 아내는 불안하다
싸움을 모르는 시인의 아내는 위험하다
불온한 모든 시는 그래서 슬프다

개 같은 죽음

IMF 때 공장 부도 나고 미국에서 번 돈으로 시작한
식당 얼마 못가 끝장나자
자형은 반야월 연탄공장 뒤에서 개를 키웠다 일년을
고생하며 자리를 잡았지만
월드컵 정비사업으로 강제철거되고 쫓기듯이 불로
동 야산으로 숨어들었다
개도 사람을 닮아서인지 습한 땅기운에 키우던 개
절반을 잃고
영천 어딘가로 이사 가던 날
열린 문으로 빠져 나온 어린 개, 투견에 물린 채
자기 몸뚱아리보다 더 크게 부은 머리를 온몸으로
지탱하고 있었다
나는 애써 그를 외면했지만 난 이미 그의 허망한 눈
동자에 갇혀 있었다
떠날 무렵 개는 죽었다
……컹……
그가 세상에 남긴 전부는 외마디 울음이었다

투견에게는 연민도 눈물도 없다 한번 물면 끝장을
봐야 한다 그렇게 길들여져 있다
광기로 무장된 사나움만이 그의 무기이며 생존이다

투견은 무모하리만큼 공격적이다 무방위로 노출된
모든 것은 적이다
　우리의 누이가 우리의 동료가 그리고 내가 노출되어
있다
　이젠 우리가 그놈의 목덜미를 물 차례다
　투견보다 더 사나워져야 한다
　개는 개같이 죽고 사람은 사람답게 살아야 한다

푸른솔이 나에게

이 겨울 눈 내리는 날
나를 찾아온 젊은 그대여
내 몸에 돋아난 날선 푸르름은 만장의 깃발일 뿐
그대에게 들려 줄 희망 하나 없으니
그대는 그대를 기다리는 동지들 곁으로 돌아가라
희망은 전 생을 부르는 피의 깃발이니
얼어 터진 손으로 싸움을 준비하는
동지들에게로 돌아가라
나는 내 푸르름으로 거두어야 할 주검이 있으니
사시사철 푸르름으로 닦아야 할 눈물이 있으니
위로받아야 할 사람은 그대가 아닌 나다

이 겨울 눈 내리면
꽃 한 송이 없는 내 오랜 벗 무덤 위로 얼음꽃 핀다
우린 솔씨로 서러운 산천을 바람처럼 떠돌다가
뿌리내린 이 터에서 천년만년 살자 했는데
젊은 날 미끈하게 빠진 너 몸 베어지자
아득한 옛 기억의 즐거움이었던 봄날의
밝은 햇살과 맑은 하늘과 부드러운 바람은
이제 너의 허물어짐을 재촉하는 독일뿐
단 한번의 발길질에도 무너질 너 때문에

내 눈에 눈물 마를 날 없는데
이 겨울 사람들은 나에게 봄의 희망을 강요한다

이 겨울 나를 찾아온 젊은 그대여
따스한 봄날, 봄날처럼 온통 꽃빛인 그대의 벗들과
다시 나를 찾으면
내 그늘에 묻히어 시간의 나이테마저 바스라진 내
오랜 벗에게
꽃 한아름 꺾어 죽음조차 살아 있음으로 밝혀다오

다시 중심으로

파업 출정식 때
삭발 단식 때
나의 시는 배경이 된다
최대한 목소리를 높이고
지나치지 않을 만큼의 비장한 몸짓
속이 아프다

술을 못하니 술병은 아니다
계절이 바뀔 때마다 빵 또는 컵라면으로 새벽을 열
지만
나의 속은 날마다 삐걱대는 관절보다 젊다
동지들 앞에서 시를 읽고 내려오면
속이 아프다
시 쓰는 밤의 가위눌림처럼 견디기 어려운 고통이다

중심에 있어야 할 사람이 주변에 서성대는 것은 견
디기 어려운 고통이다
단호하게
다시 중심으로

용연사에서

큰 물 내려간 용연사 계곡, 젖은 이끼 푸르다

"노사 의견 일치로 인한 현장복귀"
백 일째 파업을 이틀 앞두고 내려진 지도부의 결정에
조직화되지 못한 개별적 의지들은 무기력했다
정면돌파에 대한 위험성과
완전승리에 대한 불투명한 전망을 앞에 두고
목숨을 부르는 투쟁은 무모하다
지도부의 판단에 따라 끝은 결정되어졌다
우울한 침묵 위로 붉은 머리띠를 내려놓는다
투쟁의 시작과 끝을 결정해야 할 현장은 속수무책이다

자기 반성도 지도부에 대한 비판도 투쟁에 대한 성과도
오랜 금기처럼 아무도 입에 담지 않는다
내일이면 주야간으로 갈라져 정붙일 날 없는 동료들과
평상에 둘러 앉아 낮술을 마시며 점 백 원짜리 고스
톱을 친다
결사항전을 외치던 목숨이 졸지에 백 원짜리가 되어
비장하게 고를 부르고 피박에 광분하며 조금씩 미쳐
가고 있다
미치지 않고서는 속 깊은 울분 달랠 길 없어

점 백 원짜리 고스톱에 목숨을 건다

백 일째 파업을 이틀 앞두고 내일부터 현장복귀다
인간이 되지 못한 단군신화 속 호랑이처럼 울부짖다가
큰 물 내려간 용연사 계곡, 젖은 이끼 미치도록 푸르다

박흥렬

1968년 서울 생
하청 사무직
해방글터 동인시집 『땅 끝에서 부르는 해방 노래』(문예미학사)
E-mail : gmdfuf@hanmail.net

사무직 2

분노는 먼지처럼 쌓여 조금씩
굳어가고 있었다 이 분노때문에
나는 기어이 화석이 되고 말 것이다
나는 알고 있다
내가 하는 일이 미궁을 만드는 일이라는 것을

날은 저물고 어둠 깊은데
흰 성벽처럼 나를 둘러싼
단단한 서류뭉치는 문이 없다
굽어진 등은 배기고
손가락도 떨리고
숙제를 다 못한 어린 날처럼
사무실은 넓고 멀고 아득하다

나는 알고 있다
내가 하는 일이 사슬을 만드는 일이라는 것을
그 사슬에 내가 먼저 묶여 일하고 있다는 것을

종이에 손을 베다

회사가 귀하께 요구하는 건
그저 부지런하고 맡은 바 임무에 충실하라는 것뿐입
니다.
신들린 듯 갖가지 요구사항을 제시하는
팩스는 내용보다도 제시한다는 사실만이 중요합니다.
무얼 전송하고 또 받아 제시하는 건지도 모르는 기계
보내는 서류가 해고통지서건
내놓는 서류가 서약서건
그저 부지런히 보내고 쉼 없이 받아 내놓기만 하면
당신 한 몸 부지런하기만 하면
기계는 평화롭고 무사할 겁니다.

장님 삼년 귀머거리 삼년 벙어리 삼년
벌거벗은 듯 노골적인 근무수칙 되뇌이다가
서랍에 손가락을 끼이다.
손가락은 아픈데 내 손이 한 짓이라 우울하다.
언젠가는 호치께스로 손가락을 찍었던
전과가 선명한 손이었다.
남들은 제정신이나 물을 테지만
사무원 하는 일이라는 게
배신하리라 상호 인정하니까 계약서란 걸 작성하는
거고

내 밥줄 끊기기 전에 구조조정 기획안 올리는 거고
결국 내 손으로 내 손가락 찍는 일들 뿐 아니냐는 거지.
잇몸이 무사하자고 이 뽑는 짓 아니냐는 거지.

그리하여 결재판은 크고 시커먼 입이었으며
빨리 내놔, 빨리! 빨리빨리빨리, 뭐해! 아직도 안 됐나?
인건비 원가절감 기획안부터
구조조정 이행 프로젝트까지
언제나 결론은 증빙보다 먼저 나와 있는 것이었으니
내 입으로 내 손을 먹는
부끄러운 내용이 들어가도 낯짝 한 편 붉어질 줄 모르는
사무원들의 영원한 검은 식판이자
합법을 가장한 자본의 입구였다.

전화기는 오라 가라 조종하는 리모컨이 되어
종일 신경질을 부리며 울어대고
작고 네모진 하늘은 창틀에 갇혀 있었다.
책상에 널린 서류를 결재판에 밀어넣다가
내 밥을 추려 슬그머니 검은 입 속에 끼워넣다가
선뜩 종이에 손을 베이다.

눈이 아프다.

명아주

사람에 치여 허리가 꺾이는 날엔
빈 뚝방에 앉아 검게 멈춘 개천을 보라
총구처럼 검은 입, 다물 줄 몰라
버려져 썩은 것들만 흐르는 하수구멍 옆에서도
뻗대고 솟은 질긴 풀무리가
왜 푸르러야 하는지 물으며 흔들릴 테니

달동네에서만 자라
지겹도록 질긴 줄기 가졌던 풀
지지 밟혀도
밤마다 담마다 으장와창 쏟아지던 술주정 다음엔
새벽이슬 젖어 거짓말처럼 다시 무성했던 풀
할머니, 무섭던 표정으로 밥상에 올라
떡밥 네 그릇 풀무침 한 접시
고맙고 서러운 양식도 되었다지만
살다 보니 나도 그 풀이었던
아아 질긴 풀, 명아주가
하나 꺾여, 둘 꺾여
지지 밟혀도
기죽지 않고 뻗대어 솟아나면서
검게 썩은 뚝방을 움켜쥐고 자라나면서

왜 푸르러야만 하는지 되물으며 흔들릴 테니
왜 검게 스미어 눕지 않는지 되물으며 흔들릴 테니

시간의 문

늬 아부지 사업 실패하시고 나서
셋째를 둘러업고
자반고등어 몇 손, 다라에 담아 이고 시작한 노점행
상이었다
하루 일하면 이틀 앓아눕던 푸석한 늬 아부지와
고집스러우셨던 늬 할마이를 모시고
추운 겨울 언 동태짝을 깨며
얼마나 더 깨야 끝나는지 알 수 없었던
지긋지긋한 비린 목숨을 깨고 또 깨며
엄마가 팔던 등푸른 고등어는 어린 너희들 목숨 같
았구나
빚을 지지 않고는
조기새끼같이 벌린 늬 넷 마른입 속에
쌀알조차 팔아 먹일 수 없던 세월이었다
빚진다고 늬 아부지한테 매도 많이 맞았고
빚 안 갚는다고 시장바닥에서 머리끄댕이 많이도 잡
혔다
늬 사남매 데리고 살아오던 날들
엄마 가슴에 굵고 큰 갈치 가시가 박히고
오징어처럼 기운 빠지던 일이 하나 둘이었겠냐마는
날마다 들어 메치며 깨어도

꽝꽝 언 동태짝 같던 단단한 세월,
자반고등어처럼 너희를 끌어안고
엄마는
이 사람 저 사람 꾹꾹 찔러만 보고 지나가는
안 팔리는 엄마의 인생에
얼음같이 찬 물을 뿌리고 또 뿌리며 싱싱해보려 했
지만,
지새는 하루하루가
은빛 잃은 갈치처럼 시무룩히 길기만 했구나

도루묵같이 예쁘던 내 새끼들
잘린 생선 꼬랑지처럼
하루종일 엄마의 빈자리를 겉돌다
마른 무청처럼 칭얼대는 조막만한 투정이
엄마의 언 얼굴을 때릴 땐
그렇게도 미안하고
어깨는 무겁게 아파왔구나
하루에 한번 품어보기도 어려운 내 새끼들
이면수 껍데기처럼 검게 갈라진 엄마의 손이 밉다고
도 하고
엄마 품에선 비린내가 나서 싫다고 달아나던 내 새

끼들

늬들이 그리 컸구나
길었던 세월 토막토막 다 떠나고 남은
갈치 대가리처럼
이 엄마 곁엔 세월이 지나도 변하지 않는
창자처럼 검게 탄 빛만 남았구나
늬들은 다 잊었겠지만,
아직도 끝나지 않은 엄마의 시간이
바늘 같은 이 촘촘히 세우고 입 벌려
기다리고 있구나

퇴근길

생활에 골똘하던 날엔 몰랐구나,
저녁은 언제부터 이렇게 선연히 저물었는가.
어둠을 만나 하나 둘씩 켜지는 사람의 불빛들과
가로등 아래 아비를 기다리는 어린 모자(母子)와
가볍게 뜀박질 흉내를 내며 걷는 늙은이와
약간 처진 어깨를 추스려 집으로 돌아가는 사내들.
아직도 가난한 집 침침한 방에서 풀을 발라
붙였을 종이 봉투에
뜨거운 붕어빵 네 마리 담아 들고
이제 곧 켜질 푸른 불빛을 기다리며 나는 섰다.
붕어빵을 씹던 기억보다 풀칠로 종이 봉투를 만들던 기억이
더 선명한 젊은 아비가
푸른 불빛을 기다리며, 봉투를 만지작거리며
어린 아이들에게 정작 갖다 주고 보여주고 싶은 것은
덧기운 종이 봉투 아니었던가.
이거 봐라 애야,
이 봉투 하나 풀칠하자면
좁은 방 여러 형제가 풀함지 둘러 앉아
무릎 끓고 고개 수그려 발라내는 것이다.
풀냄새 퀴퀴한 어둑한 방에서

허리 뻣뻣토록 기울여 앉아 발라낸, 그 바스락이는
절로 후— 한숨소리 나올 듯 진득한 노고에
지금 뜨거운 붕어빵이 네 마리 담겨 있질 않느냐?
이런 얘기를 해줘야겠다 생각하는 퇴근길
저녁하늘에
푸른 불이 켜졌다.

조현문

1969년 강릉 생
대공장 사내하청 노동자
개인시집 『절망하기에도 지친 시간 속에 길이 있다』(갈무리)
E-mail : siwanore@hanmail.net

입덧은 투쟁신호처럼 왔다

좌우명―행동하는 투사 김석진

끝을 물고 이어지다

내친구 우석이―계급으로 회복하라

함께 밥을 먹으면 정이 든다 ―나의 하청 친구들에게

잘려나간 손마디가 더욱 붉다

입덧은 투쟁신호처럼 왔다

하청 노동자인 아내가 정리해고당한 날
아내는 입덧을 시작했다
그랬다. 입덧은 투쟁신호처럼 왔다
난 태어날 아이를 위해서라도 무조건 축복받은 투쟁
이라고 말하고 싶었다

오늘은 출입통제당한 아내가 첫 출근선전전을 하는 날
자판을 두드리는 아내의 손길 따라 새벽이 왔다
난 김치볶음밥을 준비했다
김치 냄새를 맡기도 싫어하던 아내는 용케도 김치볶
음밥을 맛있게 먹었다
'고맙다'라는 단어가 있다는 것이 정말 고마웠다
그런데 해줄 수 있는 것이 고작 김치볶음밥인가
문을 열고 나가는 아내 품속, 유인물
신념이 길을 열어갔다
아내의 환한 웃음이, 그 첫걸음이 내 투쟁전술이었다
아내 품속 사상이 내 깃발이었다

다람쥐처럼 방안을 맴돌다가 까짓, 블랙리스트가 문
제인가
모자 깊게 눌러 쓰고 아내의 첫 출근투쟁 장소로 간다

새벽 공기가 비수처럼 차다

; 노동조합은 정당한 정리해고이기 때문에 어쩔 수
없다고 한다 정규직 노동조합이 도장 찍은 고용안정
합의서는 살인기계다 하청 노동자의 모가지가 합법적
으로 잘려 나간다 대의원들이 사측과 거래한 맨아워
협상은 살인기계다 라인속도가 떨어질 때마다 하청
노동자들의 모가지가 합법적으로 잘려나간다 손에 피
가 마르기도 전에 대의원들은 사측이 준비한 룸살롱
으로 가고 조합원들조차 하루살이로 퇴근한다 투쟁은
안 되고 사측 관리자들의 룸서비스 기술만 늘어간다
이제 노동운동의 역사도 룸에서 이루어지는가? 실리
파건, 국민파건, 중앙파건, 현장파건 룸으로 간다 룸으
로 가는 길은 노동조합 집행권력에 이르는 길이다 종
파의 이해는 조합원들의 머리를 밟고 서 있다 투쟁은
유인물 활자 속에서만 살아 있다 한 달에 열 번 룸에
간 것 보다 딱 한 번 간 것이 건강함의 기준이 된다
양심 있는 현장 활동가들은 왕따당한다 네가 얼마나
깨끗한지 어디 한 번 두고 보자 대·소위원이 되고 싶
어도 현장조직에 가입하지 않으면 말짱 도루묵이다
노동조합 대의원들의 계산은 이미 끝났다 대의원 선
거에 악영향을 미친다 다른 업체 취업시켜줄 테니 일

커지게 하지 마라

아내는 품속에서 유인물을 꺼내 돌리고 있었다
유인물이 손에서 손으로 전달되는 순간
눈빛은 격려가 되고
몸짓은 연대가 된다
유인물 한 장 버려지지 않는다
노동자는 하나다
정규직, 하청노동자 단결하여 정당한 정리해고 박살
내자
버스를 기다리면서 정규직 조합원들과 하청노동자
들은
아내의 첫 출근투쟁처럼 유인물을 읽고 있었다
아내는 정규직 조합원들과 하청노동자들을 연결하
는 투쟁 끈으로 살아 움직였다

좌우명

― 행동하는 투사 김석진

늦은 밤, 아내의 출근투쟁 피켓을 제작하러 울산해
고자협의회에 갔습니다
　사무실 출입문 옆에 동지의 투쟁 사진이 붙어있습니다
　사진 밑에 당신이 온 몸으로 쓴 글, 독기어린 눈빛처
럼 살아 있습니다

2002년 반드시 복직한다
투쟁을 하고자 하는 자는 방법을 찾고
투쟁을 회피하고 하는 자는 구실을 찾는다

2000년, 목숨을 건 단식투쟁 때부터
행동하는 투사, 김석진 동지의 좌우명이었습니다

노동조합으로부터 생계비 한 푼 지원받지 못했습니다
식물인간이 된 어머니 병수발
새까맣게 타들어가는 가슴에
벌써 몇 천만 원의 빚이 쌓였습니다

그래도 밝은 목소리 높은 톤, 조금도 흐트러지지 않
고 살아
　정말 기적처럼 살아

만나는 사람마다 언제나 한아름 웃음꽃으로 지친 어
깨 감싸안는 동지
자기 희생을 통해 열어가는 노동자의 길
죽을 각오로 다시 준비하는 상여투쟁
모두들 그만하면 됐다, 포기를 권유하는 곳에서
새로운 방법을 찾아가는 동지의 투쟁 자세
; 승리할 마음이 없는 자는 결코 이길 수 없다
바로 우리의 좌우명입니다

끝을 물고 이어지다

중공업 김 과장은 아침부터 지랄발광이다
납기 기간 못 맞추면 다 죽는 줄 알아
선주에게 하루 수억 원씩 물어내는 돈을 당신이 낼
거야
하청업체 이 반장은 고개도 들지 못한 채 얼굴이 벌
개진다
오늘 철야를 해서라도 내일까지 검사받도록 해
이 반장은 사람들을 불러 모아놓고 잔뜩 굳은 얼굴
로 철야를 강요한다
우리 소 같은 승훈이 형님 마다하지 못하고 다 죽어
가는 목소리로
사람이 없는데 어쩔 수 있나
이 반장은 야—아 이번 달 돈 좀 되겠네
사람들 속을 뒤집어놓는다

배 안 탱크 바닥, 앞이 보이지 않는 독성 강한 페인
트 분진 속에서 잔업, 철야로 일하다 보면
내 몸이 내 몸이 아니다
정말 살아 있기나 한지 감조차 희미해진다
맥이 빠져 난간을 잡고 올라오는 손이 저절로 풀린다
이대로 두 손 놓고 싶지만 사람 목숨이라는 것이 어

디 그런가
　난간에 매달려 두 손 꼭 잡고 한참을 기다린다
　자정 부근, 탱크 맨홀 뚜껑 위에
　하, 둥그런 달이 떠 있네

　둥그런 달빛 아래 둥그런 달빛처럼 둘러앉아 담배를
피운다
　페인트 분진에 새까맣게 탄 얼굴들
　거울이 필요치 않다
　이렇게 살아도 되는 것이냐
　담배 한 대 피우자마자 일하고 밥 한끼 먹자마자 일
하고
　눈뜨자마자 다시 일하고
　도대체 이게 사람 사는 것이냐
　씨발, 완전히 사람 잡네 잡아

　잔잔한 파도에 실리는 둥그런 달빛
　도대체 이게 사람 사는 것이냐
　끝을 물고 이어지는 질문들
　멈추지 않는다
　다른 업체로 옮겨 보면 어떨까

그러나 뭐가 달라질 것인가
언제 죽을지, 언제 잘릴지 모르는 하청 신세
노동이 따뜻한 생활도, 친절한 관계도 되지 못하고

더더구나 창조가 아니었을 때
밤새도록 울분을 술로 달래다 출근한 아침
에어 두건을 쓰다 말고 다 게워내고 난 후의 퀭한
눈빛
더 이상 이렇게는 못산다!

잔잔한 파도에 실리는 둥그런 달빛
자기 몸으로 선을 그어 길을 낸다
한번 솟구치면 반드시 끝장을 보고야 말
그 누구도 막을 수 없는 물결이
끝을 물고 이어져 온다

내 친구 우석이

— 계급으로 회복하라

두 손 어깨춤까지 올리고
어깨 으쓱대며
아! 아알~제

한국야쿠르트 다니다 처남의 소개로 현대중공업 직
업훈련소에 들어간 내 친구 우석이
　니기미 월 300만 원 번다고 때려치우고 왔는데 기본
급이 70만 원
　쓰~벌 뚜껑 열리는 거
　알~제

현대중공업 노래마당 회원이던 내 친구 우석이
　노래로 운동을 처음 시작한 내 친구 우석이
　취부공이었던 내 친구 우석이
　하도 오함마 질을 해 양 어깨에 담석이 걸려도
　조합원들 떠나기 싫어 산재신고도 내지 않던 내 친
구 우석이
　젊은 대의원이었던 내 친구 우석이
　효성공장점거파업 때 사수대에 참가한 내 친구 우석이
　티나게 싸우다 진압부대에 찍혀 허벌나게 두드려 맞
고 구류살고 나왔던 내 친구 우석이

나오자마자 다시 쇠파이프를 잡은 내 친구 우석이
화염병이 날고 진압조가 쳐들어와도 쇠파이프 하나
잡고 버티던 내 친구 우석이
사실 좆나게 무서웠다고, 정말 부끄럽다고 쓴 소주
를 들이키던 내 친구 우석이
노사협조주의 노조 집행부에 대한 폭로와 잠정합의
안 부결투쟁을 조직했던 내 친구 우석이
혹독한 겨울 추위와 바람,
목장갑 낀 손에 감각이 없을 때까지 유인물을 접고
또 접고 한 사람이라도 더 유인물을 나눠주려 몸을 움
직였던 내 친구 우석이
방어진의 찬 바닷바람이 턱을 얼어붙게 하여도 피케
팅과 중식선동, 목욕탕, 커피자판기, 식당 등에서 부결
투쟁을 선동했던 내 친구 우석이
어용대의원들과 사측 관리자들이 노동자들이 일하
는 시간에 개고기 파티한 것을 폭로하고 현장통제에
맞서 투쟁을 조직하던 내 친구 우석이
무쟁의 청산, 현장권력 쟁취를 위해 자기 희생을 통
해 길을 열어갔던 내 친구 우석이
청년노동자회 1기 의장이었던 내 친구 우석이
여러분

알~제

내 친구 우석이가 떠나갔다
　잘 나가던 옛날 팔아먹고 허명 팔아먹고 그래도 민
주 활동가라고 지껄이는 타락한 중공업 선배들 생각
하면
　구토가 난다고
　중공업 쪽으로는 다시는 오줌도 누지 않겠다며
　내 친구 우석이가 떠나갔다
　꼴통 새끼 한 명 없어져 중공업은 앓은 이 뽑았지
　아마 다시는 중공업에 취업 못하겠지
　네가 떠난 자리, 이 뽑힌 자리 잇몸처럼 허전했지
　중공업 운동이 한 몇 년 물 건너갔지

　그러나 우석아
　네가 애써 외면했던 바로 그 자리,
　조합원들, 하청노동자들은 너처럼 떠나고 싶어도 갈
곳이 없다는 것이다
　곧 죽어도 중공업에서 살고 사랑하고 새끼 낳고 투
쟁할 수밖에 없다는 것이다
　이제 너보다 더한 고통 속에서, 네 몫을 다른 동지들

이 할 수밖에 없다는 거
　이제 조합원들은 너보다 더 실천적이고 더 계급적이
고 더 성실해야만 그 모습을 믿어준다는 거
　우석이 이 나쁜놈아
　알~제

　넌 침묵하지도 그렇다고 타협하지도 못하고 뚝 분질
러졌다
　난 너의 곧은 모습이 때로 불안했다
　난 구부러져 곡선을 이루는 부드러운 힘이 좋다
　구부러진다는 것은 변절이 아니라 탄력이며 또한 때
를 준비하는 집중이기 때문이다
　현장에서 한 몇 년 푹 썩어봐야, 단맛 쓴맛 다 보고
난 이후에야
　우리는 비로소 목숨 걸 수 있다
　미리 도망갈 구멍을 마련하지 않고 죽어라고 살고
죽어라고 싸우는 것
　사실 노동운동에서 가장 힘든 것은 적들의 탄압만이
아니라 우리 사이에서의 분열이다
　마음 주었던 동지와 정을 끊어내는 투쟁. 이 쓴맛의
깊이가 사상이다

사상이 길을 밀어간다는 거
우석아
알～제

그러나 선언은 쉽지만 현장에서 사측 관리자들의 숨
막히는 통제와 조합원들의 외면 속에서 투쟁을 조직
하는 것은 백배는 더 힘들다
이빨 까다 떠난 인간들 어디 한두 명이었나
물에 빠지면 입만 동동 뜨는 인간들 체질에 안 맞아도
그러나 우리는 배움의 선두에 서야 하고 현장에서
몸으로 부딪히는 투쟁을 통해 구현해야 한다는 거
우석아
알～제

경험이 빚어낸, 분노가 빚어낸 정점에서 무너져내린
아니 도망친 내 친구 우석아
이제 중공업에서 보기 힘들겠지
그러나 우리 호흡하고 발 딛는 곳마다 피해갈 수 없
는 싸움터이다
네가 짱구 굴려 봤자 별 수 없다
짱구 굴리지 말고 너답게 두 눈 딱 감고 다시 시작

하자
  1인칭으로, 무기력한 개인으로 돌아가지 말고
  계급으로 회복하라
  조직으로 성장하라
  우석아
  내 맘 알~제
  이 나쁜 놈아!

함께 밥을 먹으면 정이 든다

진이 빠진 노동자들이 식당 앞에 길게 늘어섰다
쇳가루처럼 검고 단단한 얼굴들

관리자들은 식당 앞의 노동자들을 12시 정각까지
정지시킨다
밥알 같은 서러움이 목구멍을 꽉 막아버린다

싸락눈 나려 눈가에서 녹는다

페인트 묻은 얼굴과 손에 묻은 쇳가루를 닦으며
산발한 머리카락을 훔치며
신협이가, 상홍이가, 수덕이가 밥을 먹는다

미친 듯이 밥을 먹다가 마주치는 눈빛들
한꺼번에 웃는다
이 따뜻함을 몸은 안다

이 따뜻함이 우리를 강하게 할 것이다
파김치가 된 몸으로
미친 듯이 밥을 먹다가 함께 웃는다

죽음에 직면한 육체에서 피어나는
이 웃음, 웃음

잘려나간 손마디가 더욱 붉다

아침 출근 버스 안
손가락 마디 일곱 군데가 잘려나간 늙은 노동자를
보았네
엄지손가락 하나 남은 오른손
손잡이를 간신히 잡고 있네
버스가 흔들릴 때마다 몸 전체가 위태했네
참혹한 고통이 지난 이후에도
살아남은 몸은 일자리를 찾아 해맸네

늙은 노동자 잘려나간 손마디가 더욱 붉네
잘려나간 손마디의 통증처럼
그라인더공의 아침, 굳어진 손 마디마디의 통증이
닮아 있네
저 잘려나간 붉은 손마디가
인간과 일하는 소 사이의 중간쯤에 위치하고 있는
하청노동자의
서러움과 분노를 닮아 있네
힘줄이 팽팽하게 당겨지네

늙은 노동자 부끄러이 손 감추지 않았네
눈빛 하나 흔들리지 않았네

조용하다고 분노가 없겠는가
조용하다고 희망을 잃었겠는가
안타깝게 바라보는 눈빛을 오히려 부끄럽게 하는
허튼 구석 하나 없는 저 몸짓 속에서
마지막을 미리 생각하지 않는 노동자의 자존심이
새살처럼 자라나고 있었네
고통의 내면까지 닮아버린 우리는 하나
현장으로 출근하는 내 가슴에
잘려나간 손마디, 붉은 마음이 들어차네

신경현

1973년 경북 안동 생.
금속노조 대구지부 국제정공지회 대의원.
해방글터 동인시집 「땅 끝에서 부르는 해방 노래」(문예미학사)
E-mail : jinbo73@hanmail.net

부끄러움 1

부끄러움 2

편지—사랑하는 아들에게

부끄러움 1

1

특근 한번 빠지면 다음날,
동료들 앞에서 실업자가 되지 말자는 선서를 했던,
감시의 눈초리로 현장을 순시하던 사장 앞에서
굽신거리지 않으면 살아남을 수 없었던 그때
밤으로 몰래 동료들을 불러 모아 노조를 만들고
한 겨울 천막농성 일주일 끝에 지켜낸 노동조합

2

해고와 임금체불의 위협이 그럭저럭 사라져
노동시간 단축, 임금인상 쟁취 깃발 드높인
임단투 출정식 열리던 날,

점심 후딱 먹고 담배 사러 가다 보았다
짧은 점심시간 아쉬운 듯
새까맣게 절은 작업복으로 족구를 하고

삼삼 오오 아무렇게나 주저앉아 담배를 피우는

앞 공장 노동자들을,
벌써 몇 년째 상여금도, 임금도
삭감당하고 반납했다는 노동자들을 보았다

아무 생각없이 이 공장을 지나
여유롭게 담배를 사고 음료수를 사러 다닌
내 모습을 보았다

부끄러움 2

112주년 노동절,
수십 개의 깃발이 입장해도
수백, 수천 마디 투쟁사가 넘쳐나도
그는 오지 않았다
밤낮 없이 일하고 제때 월급 한번 받지 못한
개새끼 씹새끼 예사로 들으며 한국 노동자가 쉴 땐
어김없이 강제 특근에 시달리던,
외국인 노동자의 문제를 고발하기로 한,
스리랑카 노동자 랄은,
오지 않았다
국채보상공원을 빠져 나와 만경관을 지나 마무리 집
회가 잡힌
서문시장에서도 그는 보이지 않았다
정리집회를 시작할 때 시간은 이미 6시를 향해가고
있었다
랄에게 외국인 노동자의 현실을 이야기해 달라고 부
탁한 이의 마음이
숯검댕이처럼 시커멓게 타버렸을 때,
랄이 나타났다
왜 이제야 왔어요 물음에
천천히 한마디 한다

일하고왔어요

편지

미안하지만 아들아
이 못난 아빠를 용서해다오
금방이라도 그 큰 눈에서 떨어질 것 같은 울음을 생
각하면
지금도 목이 메어와 당장 달려가고 싶지만 아들아
쫓겨난 공장으로 돌아가기 전까지
당분간 볼 수 없을 것만 같구나
텔레비전에서 아빠가 일하는 공장을 봤다며
아빠를 몰아내고 짓밟던 경찰아저씨가 밉다고
전화로 말하던 아들아
아빠를 돌려달라고
엄마 손을 잡고 난생 처음 거리에서 외쳐 부르던
네 조그만 목소리가 내겐 힘이 되더구나
붉은 머리띠를 맨 모습이 그렇게 예뻐 보일 수가 없
더구나
그렇게 네가 길거리에서 엄마와 함께 이 아빠를 위
해 싸우고 있는 한
이 아빠는 절대 무릎 꿇지 않을 거야
네가 말한 못된 경찰에게도
우리를 배신하고 각목으로 아빠와 동료들을 빨갱이
라 욕하며

내쫓던 구사대에게도
정당한 우리의 투쟁을 가로막는 모든 것들에게 아빠
는 무릎 꿇지 않을 거야
손배철회, 징계철회, 고소고발 철회, 단협 이행
우리가 사장에게 요구한 모든 것이 무슨 뜻인지 잘
모르겠지만 아들아
우리가 사장에게 요구한 것은 정말 소박한 것이란다
노동조합과 철썩같이 한 약속을
제발 먹고살 만큼의 임금이라도 달라고 요구한 것
뿐이란다
시간이 많이 흐른 것 같구나 아들아
네 손을 놓지 않는 엄마처럼 너도 절대 엄마 손을
놓지 말거라
그 맞잡은 손과 어깨 속에 이 아빠가 함께 하고 있
을 테니

삶의 시선 011

다시 중심에서

초판인쇄 | 2003년 7월 5일
초판발행 | 2003년 7월 5일

지은이 | 해방글터
펴낸이 | 이인휘
펴낸곳 | 도서출판 삶이 보이는 창
등록번호 | 제18-48호
등록일자 | 1997년 12월 26일
배본 | 한국출판협동조합 02)716-5619

(152-850) 서울 구로구 구로6동 314-1 극동상가 412호
전화 | 02)868-3097   팩스 | 02)868-4578
홈페이지 | www.samchang.or.kr
E-mail | samchang@samchang.or.kr

값 5,000원

ISBN 89-90492-07-0